EL CHICO INFINITO

EL MUNDO EN UN HONGO

Autor:
Ricardo Ibarra

W148
Ábrete A Nuevas Experiencias.

Índice

Agradecimientos..................
Introducción......................

Uno: Amigos por siempre............... 11
Dos: Regreso a casa.................... 23
Tres: Escolopendra..................... 40
Cuatro: Intriga............................. 61
Cinco: Vieja Casa............................. 66
Seis: Sera Un Sueño..................... 69
Siete: Pajarito.............................73
Ocho: El mensaje....................... 82
Nuevo: La Escapada......................100
Diez: El despertar........................ 105

Agradecimientos:

Quiero agradecer primeramente al creador por la dicha de la vida y el placer de coincidir con tanta gente maravillosa que me quiere y estima.

Agradezco a todas las personas que me ayudaron a que este libro sea realidad y cumplir así uno de mi más grande anhelos. Los aprecios de todo corazón.

También quiero agradecer a mi padre Ricardo Ibarra y a mi madre María Cristina Navarro. Los amo, y estoy muy agradecido por haberme dado la vida y por siempre velar por mi salud y bien estar. Y más aún por el amor incondicional que siempre me han mostrado.

A mis hermanos Adán, Hugo, y a mi hermana Miriam, que de una u otra manera han influenciado mucho en mi vida, y que me han ayudaron a convertirme en la persona que soy ahora. Gracias por ser parte de mi vida.

Así mismo quiero agradecer al resto de mi familia por el impacto que han tenido en mi desarrollo como persona.
Pero también de igual forma a mi familia adoptiva, esa que aun a pesar de no existir lazos de sangre me han ayudado en las dificultades de estar como inmigrante en este país; además, de que me han abierto las puertas de sus casas y de sus corazones. Por medio de este libro les doy las gracias.

No es fácil nombrar a todas las personas que han estado conmigo apoyándome y dándome ánimos siempre que me he sentido decaído o solo a todos ellos les puedo decir gracias por todo.

También, quiero añadir a una persona que sin lugar a duda ha sido una pieza muy importante para mí desarrollo tanto intelectual como trascendental a Miguel Acevedo y su hermano Ernesto Acevedo en fin a toda la familia Acevedo. Gracias por todo.

Por último, me gustaría dedicar unas palabras a todos los que como yo son inmigrantes y que tuvieron que dejar su familia y amigos. Pero en especial dejaron su hogar para buscar un futuro mejor. A todos ellos les quiero decir que los sueños como las flores hay que regarlos y cuidarlos, para que crezcan y florezcan. Aunque la vida es dura, en realidad solo son pruebas para crecer y aprender. Aquí vinimos a triunfar.

Si no, de nada valdría tanto sacrificio.

Introducción:

Como todas las historias comienzan con erase una vez. Esta historia la quiero comenzar de igual manera ya que en verdad es solo una historia que voy a contar. y aunque algunas cosas pudieran soñar descabelladas, permíteme decirte que es eso, solo eso; una historia, solo un cuento.

Un cuento como esos que se usan para espantar a los niños que se portan mal o quizás uno de esos que se cuentan en una noche de ronda, en compañía de amigos o de borrachos.

Bueno, al decir estas frases y al dejar por previsto estas líneas de advertencia, paso a lo que en verdad nos interesa que es el cuento, la historia.

Este era un pueblito en las afueras de la ciudad. De hecho, no quiero llamarle rancho porque existía una casa más que estaba en la línea que dividía al pueblo con las rancherías. De no haber sido por esa casa de palos y cartones negros; con una lona de plástico como techo, ese lugar fuera un rancho. Ese pueblito era tan pequeño que nadie podía hacer nada sin que todos los vecinos se enteraran.

En ese pueblito vivián Avelino y Artemio. Podría decir los protagonistas de esta historia, pero no lo voy a decir, solo dejare que usted que lee esto; Los llame como le plazca, yo solo dejare que las historia, sea quien los defina.

Como cualquier pueblito; este también tenía sus tradiciones y su gente muy especial. Sus tradiciones muy antiguas; que nadie sabía en realidad como fue que llegaron allí, y muy pocos podían explicar en realidad porque se hacían.

Nadie sabía para que o porque hacían esos bailes o esos personajes de donde salieron y esas máscaras que asustaban a los fuereños, y daban miedo hasta traumar a los niños.

Algo que en ese lugar era también una tradición. Era que los jóvenes al cumplir los quince años se los llevaban al norte a trabajar, y después de varios años regresaban con camionetas grandes, y muy bonitas. Carros los con los rines bien brillosos y con sombreros muy caros. Además, sus botas eran de piel de armadillo o cocodrilo no importaba que animal fuera, solo que fueran finas y muy caras. A, y que brillaran como el sol. Eso era el sueño de todos los jóvenes que Vivian allí; por eso en el pueblo, todos los años para las fiestas del santo patrono se esperaba a los que regresaban del norte.

Los norteños como les llamaban en el pueblito a todos ellos. Cuando llegaban se hacía una fiesta por todas las calles principales para ver quien venia mejor vestido y quien traía más dinero para gastar. El que traía las mejores ropas o la mejor camioneta se llevaba a la muchacha más bonita de pueblo.

Avelino y Artemio también tenían el sueño de llegar a ser dueños de una trockota como esas y poder divertiste en la fiesta toda la noche como lo hacían los norteños.

Para Avelino su abuela era todo lo que tenía y todo lo que conocía. Lo bueno para él era que sus padres ya estaban allá en el norte, y habían prometido regresar par cuando cumpliera sus diez y seis años y llevárselo con ellos a California.

En cuanto se pudieran acomodar en un buen trabajo y encontraran un lugar donde pudieran estar los tres. Mientras, encontraban la forma más fácil de cruzarlo sin arriesgar su bienestar o su vida. Eso sin contar con que había que juntar el dinero necesario para el coyote.

Artemio por otra parte que en realidad no sabía nada de sus padres, el solo creía las historias sobre ellos que le contaba su abuelita.

La abuelita siempre le decía que ellos se habían ido para el norte, y que pronto regresarían o mandarían por él. Que no se habían comunicado, no porque ellos no lo quisieran, si no, porque en el pueblo no tenían como pagar un teléfono donde ellos se pudieran comunicar. Para Artemio a sus once años esas palabras eran suficientes y se las creía todas, sin preguntar nada.

En algunas ocasiones escucho varias conversaciones de la gente que decía que algunas personas no lograban pasar el rio bravo y se morían. Otras decían que se morían en el desierto. Otras, que en el camino se perdían y nunca regresaban. Algunas otras personas eran atacadas por los coyotes u otros animales y nunca encontraban sus cuerpos. Eso podía asustar a cualquiera, pero Artemio, nunca quiso creer esas historias.

Se sabe que en el desierto hay muchos animales salvajes además que el clima puede ser muy traicionero, pero Artemio siempre tuvo la fe de que sus padres regresarían por él y selo llevarían al norte como a muchos otros que el conocía. Artemio pensaba que a mucha gente le podían pasar esas cosas, pero a ellos no porque su padre era muy inteligente y su madre una mujer muy fuerte y astuta.

El mundo en un Hongo
Amigos Por Siempre

Es muy común; que, en una comunidad de tan solo cinco mil habitantes, todos los residentes se conozcan entre sí. Además, por ser un pueblo tan pequeño es probable que todos compartan las mismas rutinas diarias. Como, por ejemplo, en las mañanas casi todas las señoras van al establo por leche y por maíz para las tortillas. La mayoría son personas muy amables y se ayudan unos a otros. Además de que allí se enteran de todos los chismes y acontecimientos del pueblo.

Quizás por esta razón Avelino que era el chico del barrio, siempre trataba de ayudar a la gente haciéndoles mandados o ayudándoles a limpiar a los animales. Avelino era un niño solitario, y tomaba esa labor para distraerse y ganar unos centavos por eso se la pasaba en su bicicleta de un lado a otro. Además de que así ayudaba a su abuelita o a algún vecino.

Siempre lo hacía sin pedir nada a cambio, pero la gente le daba una propina o alguna golosina a cambio de los favores. Desde que tenía uso de razón, miraba como su abuelita todo el tiempo trataba de ayudar a los vecinos. Les regalaba ropa que le mandaban los parientes de los Estados Unidos.

Además, que siempre le decía las mismas palabras. Mira, Avelino hay que hacer el bien sin mirar a quien.

Artemio era el chico huérfano y humilde del pueblo. Avelino que casi no tenía tiempo de jugar con él para sus ojos era su mejor amigo. Pero la abuelita de Avelino era muy estricta y casi no lo dejaba salir a jugar a la calle por miedo a que le pasara algo. Aparte de que no le gustaba que se juntara con Artemio porque decía que Artemio era un vago porque se sabía que siempre se la pasaba con su tío haciendo no sé qué cosas y ni siquiera asistía a la escuela del lugar.

Por eso la viejita todo el tiempo quería tener a Avelino ocupado haciendo cosas para la casa. Avelino en realidad no sabía mucho sobre la vida de Artemio, pero sin embargo a él no le importaba porque siempre se divertían y nunca hablan de cosas tristes. Por eso a Avelino le gustaba tenerlo de amigo y cada que tenían tiempo se juntaban a escondidas de la abuela para ir a los ojos de agua a correr con las bicicletas.

Ellos dos se estimaban y se divertían mucho porque que eran los únicos muchachos que quedaban en pueblo. Los otros más chicos a penas si podían caminar pues eran unos bebes. Además, ellos dos tenían la misma edad y les gustaba hacer las mismas cosas y cuando sus abuelitas les daban permiso de salir a jugar les gustaba pasearse y correr por todo el pueblo rodando una llanta o patear una pelota.

Todo mundo en el pueblo sabía muy bien quiénes eran, ya que eran muy serviciales en especial Avelino. Por eso miraban con tristeza el hecho de que sabían que pronto se irían del pueblo y quizás nunca los volverían a ver.

Siempre andaban por todos lados haciendo travesuras, Eso no les impedía que las montaran todo el día sin descanso.

Un día Avelino le pidió permiso a su abuelita para salir a jugar un rato con Artemio. A lo que la abuela le contestó que podía salir si antes le hacía unas tareas de la casa. La abuela pensó que con esas tareas el terminaría tarde y cansado. Así se le pasaría la idea de salir a la calle. Pero Avelino que ya se sabía las mañas de la abuela. Pues se apuró hacer las tareas que le dejo y termino antes de lo previsto por la abuela. Entonces fue a avisarle a la señora; pero, miró que estaba en su siesta bien confiada de que Avelino terminaría hasta la tarde.

Avelino pensó, para que la despierto mejor me voy a jugar, que acabo ella dijo que cuando terminara me dejaría salir a jugar.

Entonces, se salió al patio y tomó su bicicleta. De repente se les ocurrió ir a la montaña por unos hongos, para la cena; y se dijo así mismo, para cuando se desperté mi abuela se haga la sopa que tanto me gusta.

Estuvo pensando tratando de recordar todo el camino por donde era el lugar donde el tío de Artemio los había llevado. Mas aun, cayó en la cuenta de que él no conocía bien a donde estaba el lugar, y menos donde estaban los hongos.

Entonces pensó, mejor voy por Artemio para que me acompañe, de seguro el sí va a saber dónde es. Agarró carrera y se fue directo a la casa de Artemio el cual estaba dándole de comer a un par de puercos que tenía su familia. Avelino llegó, saludo a la abuelita y se metió hasta donde estaba Artemio y con mucha emoción le conto todo su plan de los hongos. Artemio sin pensarla se emocionó también. Si vamos todo es mejor que estar aquí dándole de comer a estados dos marranos. Pero vámonos antes de que me vea mi abuela y no me deje ir. Ven sígueme por aquí, y salieron corriendo agarraron sus bicicletas y salieron corriendo hechos la mocha. mientras se escucharon los gritos de la doñita. Ven a qui chamaco del demonio. Deja que regreses no te la vas a cavar carbón.

Aquella montaña era una que oscilaba hacia el oriente, además que era una montaña que pertenecía a la sierra madre. Así que era muy grande y amplia, y si mucha gente se perdía en ella y nunca regresaba.

Existían varias leyendas de habitantes del pueblo que entraron a la montaña y nunca se volvió a saber de ellos. Unos decían que se los habían comido las vestías del bosque, otros decían que había seres de otro planeta que se los llevaban. Por eso mucha gente del pueblo tenían miedo ir para allá solos sin alguien que conociera bien la montaña.

Avelino y Artemio creían que la conocían bien, pues habían ido varias veces con el tío de Artemio a recoger hongos y además los hongos estaban cerquita al pie de la montaña, no tenían que meterse muy hondo al bosque, además que creían que conocían bien el camino, por eso se sintieron confiados.

El pariente de Artemio Don Adán, los llevaba debes en cuando y les enseñaba el camino, de regreso. Además de que les enseñaba donde había hongos comestibles, el señor conocía muy bien la montaña. Mas aun, les enseñaba donde estaban los hongos como distinguirlos de entre los otros hongos que había y no se podían comer además los que eran venenosos. Había que tener mucho cuidado con esos hongos, siempre les recalcaba y decía que si un hongo se miraba extraño u olía mal o si solo no les daba confianza que no se lo comieran.

Siempre que iban, regresaban con muchos hongos y siempre... siempre... se la pasaban de maravilla, porque todo el tiempo que iban tenían una buena aventura en la sierra y luego al llegar a casa; sus abuelas, les cocinaban los hongos haciéndoles una sopa que se chupaban los dedos.

Para Artemio y Avelino eso era lo máximo y si era domingo mejor. Que más podían pedir a la vida decían mientras comían como si estuvieran muertos de hambre.

Bueno pues ese día más o menos al medio día se les ocurrió ir a la sierra por unos hongos. La idea era ir agarrar unos hongos y regresas lo más rápido posible. después, llevar los hongos a casa de Avelino; para que su abuela les hiciera su sopa favorita, para la cena.

Se fueron, sin nada más que las ganas de pasar una buena aventura. La misión era fácil solo tenían que traer hongos para la cena. Nada podía salir mal, según el plan de los dos muchachos todo estaba bajo control. Lo malo fue cuando llegaron al lugar donde el tío les había enseñado que estaba los hongos. Para entonces ya era un poco tarde, el tiempo vuela cuando te las estas pasando bien, pensó Artemio. Y para su sorpresa no había hongos de los que ellos conocían. Entonces se les ocurrió que quizás más arriba de la montaña posiblemente habría más hongos, entonces subieron un poco más, pero miraron que no había nada entonces subieron un poco más y más, y más hasta que encontraron otro tipo de hongos; unos muy diferentes a los que ellos conocían. El tío les había enseñado unos hongos cafés, pero estos eran de diferentes colores, unos hasta tenían puntos de color verde con azul. Se miraban como de caricaturas, eran simplemente mágicos. Se maravillaron tanto de los hongos que sacaron su mochila y la empezaron a llenar de hongos de todos tamaños y colores, para enseñárselos a su tío Adán. Entonces ya era tarde el sol empezaba a bajar y la neblina a subir. A lo que Artemio miró y dijo creo que tenemos que regresar a casa porque ya va a oscurecer y no hay luna. Eso quiere decir que se va a poner muy obscuro añadió Artemio. -Mira Artemio, ¡qué tal si nos llevamos estos hongos que están acá, se ven buenos se parecen a los que nos enseñó tu tío; dijo Avelino, ¡mientras señalaba unos hongos cafés debajo de algo que parecía un arbusto! Si, pero hay que recogerlos rápido contestó Artemio. Entonces manos a la obra.

Así pasaron un buen rato recolectando hongos de todo tipo, lo malo fue que se les paso el tiempo tan rápido que la noche ya estaba muy cerca y los árboles eran tan alto que tapaban aún más la poca luz del sol y la visibilidad se hacía cada vez menos.

Cuando Artemio se percató de esto dijo ya vámonos, si, ¡ya…! ¡Pero ya…!

Sale pues vámonos, contestó Avelino. Vámonos contestó el otro, y cerraron su mochila llena de hongos.

Se levantaron del piso para correr lo más rápido que podían. Lo malo que al levantar la vista y ver a su alrededor miraron que todo era verde y negro, todos los caminos eran igualitos. No tenían ni idea por donde seguir corriendo. Menos iban a saber cuál era el verdadero camino que los llevaba a casa. Allí se dieron cuenta de que ya estaban perdidos y que llevaban muchas horas en la montaña, buscando hongos. Además de que perdieron muchas horas estaban sin siquiera probar bocado. Ya tenían mucha hambre los dos.

¡Entonces Artemio empezó a correr por una vereda mientras Avelino lo perseguía gritando espérame!! ¿Estás seguro que es por aquí? -Tu sígueme contestaba Artemio mientras corría más rápido.

En eso Avelino se paró, exactamente cuándo miró que Artemio que ya no corría, que paso le pregunto y se fue acercando mientras miraba el brazo de Artemio que le señalaba que no se acercar demasiado después miró que estaban a la orilla de un acantilado donde a lo lejos se miraba el pueblo entero; y se miraba, muy lejos.

Algunas luces de las casas del pueblo, se empezaban a encender. Fue entonces cuando comenzaron a sentir que el corazón les palpitaba muy fuerte y las manos sudorosas y las rodillas les empezaron a temblar.

-Ya casi se mete el sol por completo dijo Artemio mirando hacia el horizonte. Entonces se dio la vuelta y comenzó a correr lo más rápido que podía y Avelino lo seguía como podía por las veredas.

Los dos amigos siguieron corriendo cuesta abajo. Corrieron bien asustados por varios minutos. Pero desafortunadamente no alcanzaron a avanzar demasiado, no como ellos hubieran querido. Cuando de pronto y sin saber cómo, ya no miraban el camino ni por donde seguir avanzando. La montaña se puso tan obscura que les impidió mirar por donde deberían de seguir. Entonces comenzaron a caminar uno pegadito al otro.

Los animales nocturnos comenzaron a salir y a la distancia se escuchaban los aullidos de los coyotes, junto con los gruñidos de otros animales salvajes

Cuando escucharon eso los dos amigos se espantaron tanto que trataron de correr lo más rápido que podían entre los árboles. Siguieron corriendo sin siquiera saber por dónde iban. hasta quedar sin aliento. Lo malo es que esta vez sí que no sabían dónde estaban. El hambre y el cansancio se acumularon y ya no podían seguir corriendo, lo obscuro de la noche y la debilidad de sus pequeños cuerpos no les daba para más.

En pocas palabras estaban exhaustos, además de que no tenían ni idea de donde estaban. Que podrían hacer si nada más que un par de vara de güizache para defenderse y una mochila llena de hongos.
-Era todo lo que traían y ni siquiera sabían si los hongos eran comestibles.

Avelino empezó a llora, y Artemio con un nudo en la garganta se acercó para consolarlo dándole unas palmaditas en la espalda.

Después se encogieron los dos todito; y soltaron el llanto, mientras se decían uno al otro nos vamos a morir...

¡Poco a poco se fueron desvaneciendo hasta caer al piso. ¡Con la cara llena de lágrimas, y con mucha tristeza decían! ¡Quiero a mi mamá!

Su llanto se podía escuchar a lo lejos e hizo que los animales que estaban alrededor se inquietarán e hicieran más ruidos de lo normal.

Artemio que era tan solo un par de meses de edad más grande que Avelino, se sentó junto él para darse valor el mismo. Estuvieron un buen rato llorando como dos nenas.

Agazapados bajo un árbol de encino, los dos amigos se quedaron sentados sin saber que hacer, ni a donde ir. Además, que los dos tenían un hambre atroz; en eso como si fuera una revelación se acordaron de los hongos; Avelino le dice a Artemio, ¿y si nos comemos los hongos? No, qué tal si nos hacen daño, contestó Artemio y añadió. Nos podemos hasta morir envenenados.

Así pasaron un par de horas muertos de hambre y con mucho frio, sin una esperanza de encontrar el camino de regreso a casa.

Mejor ahí que dormirnos un rato dijo Artemio. En la mañana buscamos el camino de regreso. -Qué tal si nos ataca un animal mientras dormimos respondió Avelino.

Qué tal si mejor uno vigila, y el otro duerme, y en dos horas cambiamos.

-Como le hacen los soldados contestó Avelino emocionado.

Si contestó, Es cierto después de un rato cambiamos. Planearon como harían la vigilancia y por un rato se les olvido toda la trama que estaban viviendo. Después de un rato Avelino se quedó dormido confiando en su amigo.

Mientras Artemio vigilaba. De repente se escucharon unos ruidos como si algo o alguien se acercara, entonces Artemio agarró la rama de huizache y la apretó muy fuerte con su mano mientras los pasos se escuchaban cada vez más cerca. Avelino despierta, repentinamente mientras Artemio que con la mano desocupada lo movía de un lado a otro. Que pasa dijo Avelino mientras se tallaba los ojos y recordaba que estaba perdido en la sierra y sin comer. Dándose cuenta que no era un sueño y se daba cuenta que lo que estaba viviendo era real. En eso Artemio comenzó a gritar, lo que sea que este allí salga y con su rama se puso de pie con las pocas fuerzas que le quedaban. Artemio todo soñoliento no se podía poner de pie de lo débil que estaban, así que solo se quedaron allí mirando con los ojos bien pelones y miraron una sombra de entre los arbustos que se acercaba.

Artemio por ser el más grande y valiente, dijo quien anda ahí? ¿qué quieres? Entonces escucho una voz conocida por ellos dos. De entre las sombras le contestó la voz; ¿muchachos que hacen aquí a estas horas de la noche? A lo que Artemio contestó lo que sucede es que nos perdimos.

Jajaja se escuchó una carcajada. Así que se perdieron. Se escuchó de entre lo tenebroso, lo obscuro; que no saben que puede ser muy peligroso estar aquí a estas horas de la noche.

Sabemos eso, pero no encontramos el camino de regreso, y la verdad es que no estoy seguro ni donde estamos. Solo sé que estamos muy lejos; Además, de que ya es muy tarde, y tenemos mucha hambre.

Ya veo, y que llevan en esa mochila.

Son unos hongos que colectamos por allá.

Hongos dices, haber déjame ver los hongos.

Artemio levanto la mochila del suelo y se la dio.

De entre las sombras se sintió una fuerza que jalo la mochila. Después se escuchó como hurgaba dentro de la mochila Artemio no podía ver más, era como si una neblina estuviera enfrente de él y solo figuras como siluetas obscuras se movían. Él pensaba que era porque esa noche no había luna. Artemio no miró más nada, y cayo como dormido.

Bueno termino diciendo la voz acamparemos aquí un rato más y antes de que amanezca los llevare a sus casas, porque han de estar muy preocupados por ustedes. Mientras, descansen un rato. La sombra que apenas si se distinguía entre la neblina y las sombras de los árboles. Se guía hablando, pero para esto Artemio apenas si la podía escuchar de lo débil que se sentía. En eso solo miró como una llama se encendió y era como si lo llamaba. Miró como la sombra arrastraba el cuerpo de Avelino y lo acercaba a la lumbre y él hubiera querido acercarse al calor de aquellas llamas, pero sus pies estaban inmóviles. En eso sintió como unas manos lo tomaban de los hombros y lo guiaban hacia allá y como pudo se fue acercando. Qué tal si mejor nos enseña el camino de regreso, ya que mi abuela me va a pegar si llegó tarde.

¡Si, en eso tienes razón, de todos modos, te va a pegar por andar de vago! ¡En ese momento Artemio se dio cuenta que aquella sombra era misteriosa se parecía a tío Adán y conforme se fue acercando a la lumbre la sombra comenzó a tomar color y efectivamente pudo mirar a su tío enfrente de él, lo cual lo puso más tranquilo y con más confianza fue cayendo en un profundo sueño! tío, mejor llevamos a la casa, mi abuelita me va apegar y con esas palabras cayo rendido al calor de la lumbre.

Bueno pues los guiare hacia el camino de regreso, porque yo tengo cosas que hacer aquí en la montaña. Síganme, exclamo don Adán y los muchachos comenzaron a caminar siguiendo cada paso que daba aquel hombre. Caminaron por más de una hora, cuando de pronto llegaron a una vereda que ellos ya habían mirado antes. Eso los puso felices y contentos pues por fin se sintieron a salvo y recuperaron el aliento. Platicaron mucho durante el trayecto a casa, de repente comenzaron hacer bromas y todo aquel miedo y hambre se fueron quedando atrás. Adán, el tío les iba contando unas historias para que el camino se les hiciera más corto. Con las historias del tío los hizo reír tanto que ni se dieron cuenta del tiempo hasta cuando llegaron a la vereda que los llevaba directito a sus casas. Artemio y Avelino siguieron hablando sumergidos en la conversación, que cuando levantaron la mirada pudieron ver las luces amarillas brillosas del alumbrado de las calles, y se emocionaron tanto, que no dudaron en correr y no parar hasta estar dentro de su casa, en eso Artemio, volteó la cabeza para darle gracias al tío Adán, pero volteó y no miró a nadie. El tío ya no estaba quien sabe dónde se habrá quedado y solo pego un gritó; gracias tío, nos vemos luego. Después solo se escucharon unos perros ladrar y siguieron corriendo.

La verdad, ninguno de los dos supo a qué hora se fue el tío, pero no les importo, siguieron corriendo emocionados cada uno a su respectivo hogar.

Después, de aquel incidente la abuela de Avelino, se molestó tanto con Avelino. Que llamo a sus padres que vivían en California, Estados Unidos, y les pidió que de favor hicieran algo por Avelino, porque ella, ya estaba muy vieja y ya no podía hacerse cargo del chamaco. Ella sentía que el muchacho necesitaba más a sus padres, porque él estaba creciendo y ocupaba más atención de ellos. De esa manera al cabo de un ano, Avelino tuvo que irse para California. Dejando así su pueblito querido, pero lo más triste, era que no sabía si regresaría algún día. Ese día salió a despedirse de su amigo Artemio. Artemio, se había ido a la montaña con su tío Adán. Avelino llegó y tocó la puerta de la casa donde vivía el tío, pero nadie contestó. Un vecino mirando que Avelino tocaba con tanta insistencia le dijo, si buscas al Adán y a su sobrino déjame decirte que han salido y que no regresaran hasta la tarde. Ellos la verdad no tienen hora de regreso de manera que no se sabe. Al no tener otra opción, Avelino, se fue triste, pero a la misma vez emocionado pues tenía más de siete años sin ver a sus padres, casi desde que tenía trece meses de nacido, apenas si los podía recordar. Sus padres lo habían dejado con su abuela desde siempre. Así con esa ilusión partió del pueblito dejando todo lo que el conocía para adentrarse en una nueva aventura.

    Al llegar a California después de un camino largo y cansado por primera pudo mirar el rostro de la mujer que le dio la vida y no necesito que le dijeran quien era su corazón se lo dijo. Mirando a la mujer a los ojos solo dijo mamá en eso miró como un hombre se acercaba y le estiraba los brazos para abrazarlo.

    El reencontrarse con sus padres fue la mejor experiencia de su vida y supo que todos sus sueños se convertían en realidad además de que por fin estaba en California. Avelino sintió muchas emociones enredadas ese día. Pero solo podía reír y llorar al mismo tiempo.

    El ver por primera vez a su madre; después de muchos años, y que casi ni reconocía. Aun así, supo que era su madre, y eso era más que suficiente para él. El instinto, o la sangre llama dijeron todos los metiches que estaban alrededor mirando. Unas señoras no pudieron evitar unas lágrimas de la emoción y otra hasta le quiso dar el soponcio.

Se dieron un abrazo, y en ese momento ambos sintieron que el tiempo se detuvo, era como si toda aquella felicidad haya hecho que el reloj caminara mucho muy lento, solo eran lágrimas y palabras de amor entre madre e hijo, y así abrazados pasaron muchos años.

El Chico Infinito
Regreso a Casa

Nada fue fácil en California cada año que pasaba Avelino se iba acostumbrando cada vez más a la ciudad y el ajetreo. Pero nunca se olvidaba de aquellas casas de adobe y cartón. Mucho menos de aquellas calles empedradas que tenía su pueblito amado.

Siempre se decía a sí mismo, acá la gente no va al molino ni por el nixtamal o ya de perdida a recoger el maíz para las tortillas. Oh de perdis al establo por la leche, allí donde ordeñan las vacas con las manos. Donde la leche tiene ese sabor fresco y cuando se hierve sale un natilla que es una delicia. Acá todo ya viene en paquetes o peor aún en latas de metal o plástico. Además, Para todo hay que ir al super mercado.

En estas cosas Avelino pensaba todo el tiempo en especial cada que viajaba en el autobús. Cuando de pronto escucho una voz que lo sacó de sus pensamientos. Por la bocina del camión el chofer hablaba y decía claramente a todos. Good evening, Passenger this it's the last stop before we arrive to the bus station. thank you all and have a good day. aquellas palabras lo distrajeron de lo que estaba pensando, pero al mismo tiempo le hicieron entran en la realidad que vivía.

Oh no otra vez, ¡chingado! se me paso la calle decía entre dientes con la voz baja; mientras, cogía su mochila de color azul y manchas rojas. Siguió discriminándose, una vez más se me hizo tarde para mi clase. Ahora tendré que bajarme hasta la terminal que me queda más lejos. Además, tendré que correr a la escuela, como siempre., pero no aprendo.

Planeo en su mente, cada paso a seguir, para llegar a la escuela. Mientras el camión seguía su curso hasta llegar a su última parada," la terminal." En eso Avelino salió despavorido a través de la puerta trasera y fue siguiendo cada paso de su estrategia la que había planeado anticipadamente de tal manera que ya sabía que hacer, pues no era la primera vez que le sucedía lo mismo y se fue directamente a la escuela. Siguiendo su plan, corrió lomas rápido que su engordado cuerpo le permitía y no paro hasta llegar a la escuela. La clase donde llegó, casi sin aliento era la primera clase del día.

Abrió la puerta y miró que todos los compañeros estaban bien concentrados en sus notas, lo cual se le hizo muy sospechoso. Entonces se preguntó porque están todos aquí tan calladitos y sin decir nada miró alrededor para buscar un asiento disponible. Pero notó que no había ningún asiento. en esa clase eran más de cuarenta estudiantes y ese día asistieron todos a la lectura del maestro Andrew Smith. Lo cual era algo sorprendente porque nunca asistían todos. Mas sin embargo esta vez sí estaban todos y le toco tomar la clase sentado en uno de los escalones.

Porque tienen cuarenta estudiantes si solo tienen treinta sillas, chingada madre. Aunque por lo regular nunca asistían los cuarenta, pero este día parecía que iba a ser un mal día para nuestro amigo.

Casi siempre había unos veinte en la clase. Si Había unos que se registraron, pero ni siquiera se les conocía en persona. Ese día para acabarla de amolar tenían examen sorpresa, de lo cual no tenía ningún problema pues era una de sus clases preferidas y conocía la mayoría de las lecturas. Lo malo que por haber llegado tarde tendría menos tiempo para terminar el examen a tiempo.

Ese día iba pintando para ser un día pésimo y frustrante. Todo le estaba saliendo mal, hasta que hubo algo que Agarró su atención y cambio un poco el panorama. Fue cuando entró a su última clase. Paso que el maestro no pudo llegar por un inconveniente personal y, por lo tanto, tuvieron que usar un sustituto llamado Jonny lee. Fue el, quien les comenzó hablar sobre la psicología anormal y eso salvo el día para Avelino por fin algo interesante. Con esas enseñanzas paso el resto de su día distraído y pensando en todas esas enfermedades locas.

Toda la semana, es lo mismo estar de una clase a otra ya estoy cansado exclamo. De toda la semana este día asido el más ajetreado y el más interesante al mismo tiempo dijo entre sí mientras esperaba el autobús de regreso a casa.

Avelino nunca salía de la escuela hasta que oscurecía y todavía tenía que llegar a casa a hacer tareas. El único día que tenía más tiempo era el día viernes por las tardes ya que solo tenía dos clases en la mañana. Así que las tardes del viernes las usaba para descansar y hacer tareas atrasadas de la semana. Lo malo era que esa semana no podría seguir esa rutina, ya que el doctor casi lo obligo a ir al gimnasio; porque, tenía el colesterol muy alto a causa de su sobre peso y sus malos hábitos alimenticios. Los tacos y las garnachas le estaban pasando la factura y esta vez sí era enserio. Entonces con eso sumo una preocupación más al estrés que ya venía padeciendo desde que comenzó el semestre. Por esa misma razón, Avelino tenía que dejar de comer comida chatarra y empezar a llevar ensaladas para el almuerzo. Su madre con mucha dedicación y amor. le venía haciendo el almuerzo todos los días, pero lo malo era que a él no le gustaba la ensalada y no se la comía. ¡Ni que fuera conejo! replicaba siempre que tenía la ensalada enfrente de él, y mejor se iba a comprar un burrito a la cafetería del plantel. No me gusta exclamaba cada que le daba una mordida al pollo frio de la ensalada maldita sea la lechiga decía. Odiaba la comida fría y un poco más a las verduras.

Por varios días trató de fingir que seguía las recomendaciones del doctor y que iba al gimnasio. Tiraba el almuerzo de su mamá a la basura y seguía comiendo las chimichangas sabrosas y calientitas de la cafetería.

Lo malo fue en esta última visita al doctor, la báscula no le ayudo nada y el doctor le advirtió de las consecuencias fatales que estaba arriesgando si no cuidaba su alimentación y si seguía subiendo de peso.

Señor Avelino si usted no deja esa vida sedentaria lo voy a tener que hacer una operación para sacar toda esa grasa que se le está acumulando en el corazón eso es en el peor de los casos. Por lo pronto le voy a recetar unas pastillas que tendría que tomar por el resto de un ano y si continua si cuidar lo que come entonces hablaremos de eso otra vez, que tenga buena tarde.

Eso deprimió mucho a Avelino, y pensó tomar pastillas por todo el año. Definitivamente no quiero eso para mí y tuvo que hacer todo lo que le decía el doctor.

Con todo el dolor de su corazón empezó a comerse las ensaladas que le hacia su madre y en un par de semanas notó que los pantalones que ya hacía mucho que no le quedaban ya le serraban sin tanto esfuerzo. Entonces miró la ensalada y comenzó a comerla más motivado.

Una semana se parecía a la otra, un mes igualito al anterior. Así pasaba cada día estresado y fastidiado. Siempre, tratando de bajar de peso sin conseguirlo. Estaba harto, cansado de todo. Hubiera querido salir corriendo y escapar de esa rutina que lo estaba matando. Mas no podía hacer nada, debía que esperar a que llegara junio y terminara el semestre para poder ir a la playa y tirarse como foca en la arena y de esa manera relajarse y disfrutar un poco de la vida.

Por fin se llegó el día de su graduación, por fin terminaba su maestría, y por fin sería un psicólogo ante la sociedad. Ahora ya podía ayudar a las personas con sus problemas mentales. Ese siempre fue su gran anhelo, su gran sueño. Él sabía que un le faltaban algunos años más para sacar su Doctorado para por fin terminar su carrera, pero aun así él ya se sentía realizado. No solo el, también su familia. En especial su madre y su padre que miraban en él, el futuro de la familia realizado.

El fruto de todos sus esfuerzos y sacrificios se graduaban junto con él y terminaban al mismo tiempo que el recibía su certificado. Su madre estaba orgullosa de Avelino desde, el mismito día que nació y ahora mirar que todos sus sacrificios valieron la pena. Eso la llenaba y orgullo y no pudo contener sus lágrimas de madre.

Pasaron un par de semanas después de su graduación. Claro se tomó unas merecidas vacaciones. después regreso al trabajo que cada primavera usaba para distraerse y a su vez sacar un par de centavos para comprase los libros que necesitaría en el próximo semestre. Gracias a ese trabajito de verano él podía no solo salir de paseo, sino que también podía conocer gente nueva en los lugares que visitaba.

Siempre trataba de guardar una parte del dinero para nomas salir de paseo. Una semana antes de entrar a las clases le gustaba irse a algún lugar nuevo o ir a una ciudad o parque que no conociera y que no hubiera ido antes. Andaba pensando que lugar le gustaría visitar esta vez al cavo tendría un poco de más tiempo y esta vez el dinero no sería problema.

En eso andaba pensando cuando camino a casa después del trabajo se encontró con el cartero que iba saliendo de su casa. Por algún motivo sintió una corazonada que le decía de alguna manera que algo está mal. Se inquietó, un poco pero no quiso reaccionar ni pensar en nada antes de saber en realidad que fue esa corazonada. Así que solo dejo pasar la emoción de una. Sacó las cartas del buzón y las Agarró con su mano. Abrió la puerta con una de las llaves que colgaban de un llavero en cual también colgaba un pajarito azul muy bonito. Además, colgaban otras llaves. Así entró a la casa y fue leyendo el remitente de cada una de las cartas.

Paso varias cartas antes de llegar a una que le llamo la atención. La textura era de un papel diferente uno que no era común en esa parte del mundo, además que tenía alrededor unos rectángulos de pintura verdes y roja. lo que lo hizo asumir que venía de México. Prosiguió a leer en una de las partes de la carta el nombre de su Mamá que era el mismo que el de su abuela. Aventando el resto de cartas y periódicos con cupones a la mesa, madre donde estas exclamo Avelino.

Al no escuchar una respuesta pronta Avelino volvió a repetir las mismas palabras Madre donde estas, hay alguien en casa dijo sarcásticamente. Aquí en la cocina contestó su madre que estaba ocupada lavando los trastes y por esa razón no podía ir a ver porque la buscaban tan insistentemente. A lo que la señora seguía repitiendo, Acá en la cocina, que pasa hombre. ¡Porque tanto gritó! Y seguía escuchando a su hijo que la llamaba como si la casa estuviera bien grande. ¿Que son esos gritos pues? Contestó la señora. Pero ella sabía que Avelino siempre se ponía así cundo estaba emocionado o algo bueno le había pasado. Hasta que no pudo más con la curiosidad, y tuvo que dejar de hacer lo que estaba haciendo. Entonces, fue a buscar a su hijo y ver cuál era la urgencia. ¿Porque tanto escandalo? ¿Para qué tantos gritos? Dijo al mismo tiempo que se secaba las manos con el delantal que traía puesto. Mira madre una carta de México, crees que sea de la abuela. Mm puede ser que si exclamo ella; hace, muchos años que no se nada de ella.

Avelino miró el sobre y leyó que era de un tal Amaro. No mira es de un tal Amaro. Quien es ese tal Amaro pregunto extrañado Avelino a su madre. Pues Don Amaro es el señor dueño de la tienda de la esquina. No será más bien un admirador tuyo. Como crees, déjame leer que dice la carta. La señora con la mirada en la carta comenzó a leer en voz baja al mismo tiempo que ocupaba una de las sillas de las cuatro que había alrededor de la mesa. Armado se sentó en otra silla. Invadido de curiosidad y mirando fijamente a su madre leer solo la miraba leer y preguntaba que dice. Cuando un par de lágrimas comenzaron a rodar hasta caer en la mesa. A lo cual Avelino solo la miraba atónito pues no sabía que decía la carta. Entonces quiso preguntar a su madre el porqué de las lágrimas mas no tenía palabras. Así que solo esperó a que terminara su madre de leer.

En eso el señor Avelino apareció caminando por el pasillo que daba a la recamara, al mirar a su mujer llorando y a su hijo mirándola atónito que pasa pregunto. Pero la señora no pudo mencionar una sola silaba, gracias al nudo que tenía en la garganta a lo que solo le dio la carta y comenzó a llorar recargando su cabeza en sus propios brazos y dejo caer todas sus lágrimas sobre la mesa. Hay mujer, sabias que esto algún día tenía que pasar dijo el señor Avelino tratando de consolarla. Que paso por fin pregunto Avelino a su padre. Este le contestó muy seria mente murió tu abuela, la mamá de tu mamá. A lo que Avelino solo sé que do pensando y no dijo una sola palabra. Los recuerdos de su abuela caían uno tras otro como una cascada en su mente. No pudo evitar sentir un poco de angustia por no haber podido verla antes de que partiera de este mundo, aunque sea por última vez.

En ese momento se produjo un silencio frio. Nadie quiso decir ni una sola palabra.

Tengo que ir dijo la señora de repente, tengo que ir a despedir a mi madre y se levantó y camino a su recamara. Los hombres solo se quedaron quietos mientras se miraban extrañados sin saber que hacer.

Don Avelino se levantó y fue a la recamara a ver a su mujer y ver que otras reacciones tendría la señora.

A lo que Avelino se quedó en la mesa sentado leyendo la carta y enterándose por sí mismo de los hechos. En eso escucho un llanto tan fuerte que se estremeció toda la casa. La señora lloraba amargamente y se puso como loca hasta perder el control de sí misma y de sus fuerzas. En ese momento cayo desmayada en los brazos de don Avelino, el cual gritó pidiendo ayuda a su hijo. Avelino levantándose rápida mente fue hacia la recamara y ayudo a su padre a cargar a su madre hasta recostarla en la cama. La señora allí quedo tendida, dormida, perdida.

Avelino asustado se sentó en la cama, acariciándole el cabello. Mientras decía palabras de consuelo y, por otro lado, don Avelino decidió llamar un doctor amigo de la familia para que revisara a su esposa.

Después de que la revisara el doctor y ver que todo estaba bien con la señora. Cerciorándose que la señora estaba en sus cávales, don Avelino comenzó a platicar con ella para tratar de convencerla de que no se fuera a México. Decía que de todas maneras ya no había nada que ella pudiera hacer y además si ella salía del país no iba a poder regresar. Recuerda que lo de tu visa todavía está en proceso le decía. Además, recuerda que en ese momento el único que puede salir del país era Avelino. EL es el único que contaba con una visa especial que le dio el gobierno a los estudiantes que habían ingresado al país cuando eran menores de edad, y que gracias a eso era el único que podía viaja y salir del país sin ningún problema. A lo que la señora se quedó pensando y no dijo nada.

Pasaron varios días y varias pláticas con la señora sin lograr hacer que la señora tomara una decisión.

Hasta que por fin una buena tarde la señora salió de su recamara y se acercó a la mesa donde cenaban los dos Armados que preocupados por su bienestar la miraban acercarse en silencio.

Bueno dijo ella ya no hay nada más que hacer y no quiero regresar a México así que he decidido que vayas tu hijo ya que tú eres el único que puede salir y entrar bien a este país, sin arriesgar el pellejo.

Entonces ve y arregla todo lo que haya que arreglar allá.

Qué bueno que decides eso madre dijo Avelino. Es lo mejor para la familia añadió Don Avelino. Confía en mi madre, veras que todo va a salir bien.

A lo que la señora tomó un su piro y se dio la vuelta y regreso a la recamara a seguir despidiéndose de su madre.

Ese mismo fin de semana compró el boleto de avión que lo llevaría de regreso a la casa de la abuela. Lo mejor de todo era que volvería a ver aquel pueblito, aquel pueblito que dejo cunado apenas era un infante.

Durante el camino en el avión se durmió un rato hasta que una azafata lo despertó para ofrecerle algo de tomar. A lo que Avelino solo pidió un café y hubiera querido dormirse un rato más, pero una marea de recuerdos pasaba por su mente uno tras otro. Los momentos con la abuela y las instrucciones de su mamá más las cosas que tenía que hacer más el papeleo de las pertenencias que había dejado la abuela lo abrumaban.

Así se le paso el tiempo pensando. Cuando de repente, una voz que sonó por el altavoz dando unas instrucciones. El avión esta apunto de aterrizar dijo en voz baja, eso lo hizo acomodarse en su asiento y tomar todas las instrucciones al pie de la letra ya que el avión empezó temblar a causa de las ráfagas de viento. Eso los puso a todos los pasajeros un poco nerviosos. Aunque Avelino viajaba mucho hasta él no podía dejar de sentir muchos nervios y hasta un poco de miedo.

Fue todo un proceso mental y estresante ese viaje a México. Sin embargo, no se arrepentía nada pues le parecía excitante toda esta aventura que estaba viviendo.

El entusiasmo que sentía al imaginarse de nuevo en su casa junto a esos árboles frutales y las calles empedradas.

Después de tantos años por fin regreso a ver mi pueblito que tanto añoro se dijo a sí mismo y lanzo un suspiro mientras miraba hacia lo lejos atreves de la puerta de cristal en el aeropuerto. Camino unos pasos y levanto la mano para coger un taxi, el primero que pasara.

Lo primero que miró a través del vidrio del parabrisas, del taxi blanco que lo transportaba fueron los colores de las casas, y la expresión en su rostro fue de maravillado. Nunca se imaginó que en aquel lugar tan apartado de la civilización habría esas construcciones tan majestuosas y coloridas, y eso lo hacía ver diferente del pueblo que el recordaba. Recordaba algunas cosas de su niñez y de que algunas de las calles estaban adornadas de papel mache además de que eran empedradas. Mas ahora, ya no estaban empedradas todas las calles. Aquel pueblito que el recordaba había dejado de ser un pueblito para convertirse en una mini ciudad. Pero lo que más le sorprendió, fue la gran cantidad de tiendas y super mercados que había. Además de las grandes líneas de apartamentos de lujo que había por todos lados. Entonces pidió al taxista que, si por favor le daba una vuelta por el lugar, ya que quería mirar los cambios que había.

El taxista lo llevo al viejo centro del pueblo. Donde miró luces por toda la calle. También había mesas afuera y gente, mucha gente por todos lados que con vivían tomando y comiendo la gente caminaba por todas direcciones como si fuera de día o un día festivo.

Para no quedase con la duda, decidió preguntarle al taxista que si había alguna celebración o por qué tanta gente en las calles.

No patrón a qui siempre es así. La gente es muy parrandera por aquí. la fiesta nunca termina, es todo el día y toda la noche.

Asombrado exclamo Avelino, estoy sorprendido y siguió mirando por la ventanilla, no volvió a pronunciar una sola palabra.

El taxista trató en varias ocasiones de sacarle platica, pero Avelino estaba perplejo. No daba cabida a la idea de este nuevo lugar y pensaba cuanto tiempo ha pasado, ya nada es lo que era cuando yo viví a aquí. Todo está muy cambiado, no reconozco este lugar. Avelino pensaba y repetía esa frase en su cabeza que sorpresa me he llevado. WOW.!

Bueno amigo llegamos, esta es la dirección que me dio.

¿Ya llegamos? pregunto Avelino.

Si señor aquí es la dirección que me dio.

Bueno pues muchas gracias dijo y se bajó de taxi. Lo primero que miró fue la casa de la abuela. Esa sí que seguía igualita a como el la recordaba. Enseguida sacó un billete de veinte dólares se lo dio al taxista pronunciando las palabras más amadas por los taxistas; quédese, con el cambio. Gracias dijo el hombre y acomodo su espejuelo retrovisor, mientras Avelino bajaba su maleta del asiento trasero.

Avelino dio unos pasos para acercarse a la casa y cerró la puerta del vehículo, el taxista arranco su taxi perdiéndose entre las penumbras para nunca volverlo a ver.

Avelino sacó la llave que llevaba en la cartera, abrió la puerta y entró en ella. Busco el interruptor para encender la luz. Pero de pronto tropezó con algo y miró que era un sillón y miró que estaba pegado a la pared. Debajo de la ventana que daba a la calle miró una mesita donde el siempre acostumbrara poner su vaso con leche mientras leía alguno de los libros que la abuela lo hacía leer en ese mismo sillón. Entonces se llenó de nostalgia.

La casa estaba llena de recuerdos a cada paso que daba algo nuevo se le venía a la mente. Entonces se recostó en el sillón para descansar y cerró los ojos, entonces empezó a recordar aquellos días de su infancia. Hasta que perdió la noción del tiempo y sé que do dormido.

Al siguiente día lo primero que hizo fue ir a buscar una tienda de flores y comprar unas margaritas para llevárselas a la tumba de su abuela.

Cuando llegó al lugar donde descansaba la señora no pudo contener un par de lágrimas del sentimiento que tuvo al ver la tumba y recordarla.

Recordó que fueron muy pocas las veces que la visito después de obtener la visa a diferencia de su madre, que nuca pudo regresar a verla; lo cual, era muy triste y se compadeció de las dos.

Después de varios días de ajetreo en la ciudad con las cosas de los papeles burocráticos del testamento, la casa, terrenos. Todas esas cosas que tenía la abuela y que muy pocos sabían que existían. Allí se dio cuenta que la abuela tenía su guardadito, y que ni siquiera el que era el nieto preferido sabia de esos terrenos abandonados.

El pueblito este emanaba una paz y una serenidad, que no quería dejar de sentirse así nunca más. Él se sentía libre y contento en el pueblito este. Pero se le vino el tiempo encima ya estaba en la línea de regresar a la escuela y a su vida cotidiana en California, en los Estados Unidos, y Aunque hasta el momento no había convivido con mucha gente, él ya se sentía como en casa pues lo cálido y gentil del lugar lo sobre cogía de tal manera que no quería ir se nunca. Se encontró en el dilema de mandar todo aquello a la fregada, y buscar una vida en este viejo pero nuevo lugar.

De pronto se dio cuenta que nunca dejo de llamar mi casa al pueblito. Mi casa al fin y al cabo aquí crecí dijo.

Con lo que le dejo la abuela por ser el preferido le alcanzaba para vivir una vida modesta y tranquila sin preocupaciones.

Pasada una semana exactamente se levantó muy temprano porque no podía dormir a gusto. debes en cuando pasa que despiertas por la madrugada y muchos pensamientos o sueños raros pasan por el ojo de tu mente y no te dejan dormir.

Pues esa noche era una de esas. Así que decidió dar una caminada por el barrio para ver y reconocer. El pueblo de nuevo estaba lleno de gente. Entonces pudo ver por primera vez las calles y ver si podía reconocer. Los vecinos de la cuadra andaban todos a fuera unos platicando y las señoras con sus canastas caminaban rumbo al establo por su leche del día.

Eran apenas las cinco de la madrugada el sol apenas asomaba los primeros rayos que alumbraban algunas de las casas y el kikiriki de los gallos comenzaban a escucharse por todos lados mientras otras personas se encaminaban al molino a recoger su maíz para las tortillas, otras iban a sus respectivos trabajos.

Avelino decidido ir más allá y siguió caminando hacia a las afueras del pueblo. cuando miró un establo lleno de vacas y chivos que le llamaron mucho la atención

Entonces se acercó y miró a varias señoras haciendo fila unas con sus hoyas plateadas otras con contenedores de plástico, pero todas traían algún recipiente donde cargar su leche. A lo que se dio cuenta que el no traía ningún envase donde poner la leche. Entonces decidido regresar a su casa por algo que le sirviera, y así tener leche para el almuerzo. Entonces se dio la vuelta y camino de regreso a casa.

Durante el camino de regreso miró hacia una colina y pudo divisar algo que le llamo la atención. Esa casa se me hace conocida dijo. Se quedó fijamente mirándola por un rato, como tratando de recordar algo. Aunque por el momento no pudo recordar nada. Entonces camino un poco más hacia ella y se acercaba cada vez más. Era como si una fuerza desconocida lo hiciera caminar hacia esa dirección. De pronto miró una persona que salía de la casa. Parecía que estaba haciendo sus quehaceres matutinos.

Entonces siguió acercándose y mirando fijamente a la persona tratando de reconocerla, pero nada venía a su mente.

Entonces la persona sintió la mirada de alguien y volteó como buscando al espía. Miró a una persona algo robusto no muy alto que le sonría, pero aún desconocido para él. Avelino al ver tan gentil gesto Agarró más confianza y se acercó saludando y el común buenos días se escuchó de ambos lados. La persona alzo la mano y lo invito a cercarse más por un momento pareciera que ese hombre sabía muy bien quien era su nuevo invitado. lo saludo como si lo conociera por mucho tiempo.

Buenos días Avelino que milagro que andas por aquí después de tantos años, cuando regresaste.?

A lo que Avelino pensó sin ninguna duda este señor me conoce muy bien. ¿si no, como supo mi nombre? Se preguntaba así mismo mientras mantenía una sonrisa.

¿Si me recuerdas verdad? La verdad no. Contestó con algo de pena Avelino

Soy Adán el Tío de Artemio. No me digas que ya no recuerdas a Artemio.

¡Oh! Si ya recuerdo hace tanto tiempo que no lo miró y todo esta tan cambiado, por aquí. Todo aquí parece otro lugar. Contestó Avelino. Pero usted sigue igualito parece que el tiempo no ha pasado por usted.

A lo que Adán solo soltó una carcajada de felicidad ven pásate quieres un café ya casi lo tengo listo. Claro que, si no lo echamos, contestó Avelino y se pasó pa' dentro del tejaban. Jalo una de las sillas que estaban alrededor y se sentó.

Así se pasaron varias horas platicando anécdotas y recordando las travesuras ha hacían cuando eran niños.

Cuéntame Avelino que te trae por estas tierras? A que te dedicas.?
Como es la vida en California.? Cuéntamelo todo.

A lo que Avelino saturado de preguntas solo sonrió y pensó responder cada una de las interrogantes de Don Adán, pero eran tantas que solo dio un sorbo al café y hablo; bueno pues como comienzo.

Por el principio amigo, las cosas siempre empiezan por el principio.
Bueno pues estudio mi doctorado en psicología y además soy voluntario en una empresa no lucrativa donde ayudamos a la gente con problemas de la salud mental.

Entonces eres un psicólogo que interesante y le dio un sorbo al café.

Si, contestó Avelino. Bueno aún me falta terminar el doctorado. Pero ya me falta menos que no.

Muy bien entonces en ese lugar puedes practicar y estudiar al mismo tiempo dijo Adán muy asertivamente.

Además, me dan becas que me ayudan costear los gastos de la carrera añadió Avelino.

Me da mucho gusto que estes logrando el sueño americano dijo don Adán con una sonrisa, no muchos logran lo que tú has logrado.

Aunque creo que ya perdí este semestre añadió Avelino.

¿Eso Por qué? respondió Adán.

Es que ya tenía que haberme regresado a California, pero aún tengo varios pendientes con lo del testamento de mi abuela. Aunque la verdad me siento muy a gusto aquí, me trae tantos buenos recuerdos este lugar.

Te gustaría quedarte a qui por más tiempo pregunto Adán mirando fijamente a Avelino como esperando ver alguna reacción.

Yo creo que si me quedare aquí por lo menos lo que dura el semestre. Son un máximo de seis meses. Sirve que decidimos que vamos hacer con los terrenos, la casa y otras pertenecías de la abuela. Qué bueno tenerte por aquí y veo, por lo que me dices que estarás varios meses, eso me parece bien, ya que la vida en la ciudad es muy diferente a la vida del campo.

Definitivamente aquí se respira el aire puro y se vive diferente como más feliz reafirmo Avelino.

De pronto se produjo un silencio extraño que desconcertó a los dos. Se miraron a los ojos. Don Adán como si supiera algo, se le quedo mirando a Avelino y dijo ya que eres psicólogo porque no le haces una visita a Artemio.

¿Deveras Artemio que ha sido de, el? De hecho, llevo días acordándome de él. Lo estado soñando mucho estos últimos días.

Te diré que él está en un lugar parecido a donde dices que trabajas.

Avelino se quedó boquiabierto con la noticia que acababa de escuchar. Se refiere a una clínica de salud mental.

Si, contestó don Adán y no añadió ni una sola palabra ni hizo ningún gesto.

Que le paso dijo Avelino muy sorprendido al enterarse de que Artemio estaba pasando por algo así. Dio un último trago al café para limpiar la garganta y esperar la respuesta de don Adán quien solo lo miró directo a los ojos, como si con la mirada estuviera contestando cada una de las preguntas de Avelino.

Los dos se quedaron quietos mirándose uno al otro como mantenido una conversación mental, interna. Avelino solo con mirarlo se imaginó muchas cosas, fue como si la respuesta que esperaba le hubiera sido dada. Era exactamente la respuesta que esperaba porque le resonaba en su mente y en su corazón.

Esta era la primera vez que le pasaban este tipo de situaciones. Don Adán era una persona diferente, a todas las demás. Él era un conocedor de plantas el conocía todo tipo de yerbas, era un hombre de mucho conocimiento.

Avelino terminando su café se levantó de su silla y dijo muy bueno el café don, pero tengo que ir hacer algunas diligencias y estiro la mano para darle un saludo. Su viejo amigo lo miró y envés de darle la mano se le lanzo y le dio un fuerte abrazo. Agradeció nuevamente por la hospitalidad diciendo; claro que le daré una visita a mi amigo Artemio. Además, le traeré noticias de como esta.

Definitivamente que te agradecería. Ve y me lo saludas. Espera, dijo y sacó su cartera, mira en esta tarjeta esta la dirección del lugar. Es toda la información que necesitaras para dar con él. Muy necesario dijo y se la guardo en el bolsillo del pantalón azul que ese día llevaba puesto. Se despidió nuevamente y camino hacia la puerta. Se despidió de nuevo pero esta vez poniéndose los dedos en la frente en señal de despedida. Se fue alejando cada vez más de aquella casa de palos y cartón negro. Conforme se iba alejando se iba dando cuenta que aquella casa le producía algún tipo de nostalgia.

No puedo creer lo de Artemio, creo que mañana iré a verlo a ver qué puedo hacer por él. Oh mejor aún, qué tal si mejor voy hoy pensó que al cabo aun es temprano y tengo mucho tiempo por la tarde.

Entonces esa mañana se apuró hacer sus mandados. Estaba en el taxi y sacó la tarjeta de su bolso. Se le quedo mirando en eso se le ocurrió preguntarle al taxista que lo llevaba esa mañana si quedaba muy lejos ese lugar. El taxista miró la dirección y dijo no estaba muy lejos de donde estaban. Por alguna asar del destino la clínica estaba cerca de donde estaría esa tarde. Pero como toda clínica resulto que no era día de visita. Así que no lo dejaron ver a su amigo hasta el siguiente día.

El Chico Infinito
El Mundo en un Hongo

El Mundo en un Hongo Escolopendra

Hola buenos días puede llevarme a esta dirección dijo Avelino al manejador del taxi. El cual llegó exactamente a las ocho de la mañana, puesto que la noche anterior Avelino había llamado para hacer la reservación a la oficina de taxis y especifico que lo quería a las ocho empunto.

Puntualmente a las ocho, allí estaba este hombre, taxista de profesión. El cual muy respetuoso y cordial al tomar en sus manos la tarjeta y mirar la dirección, pudo ver que era la dirección del manicomio como se le conocía al lugar popularmente.

Pero el Hombre por respeto solo dijo; con mucho gusto, lo llevo a este lugar ya se dónde está ubicado.

Qué bueno contestó Avelino así no perderemos tiempo buscando. Entonces el hombre arranco el taxi y se dirigió al sitio indicado.

Durante el camino quiso hacer algo de platica para hacerlo más ameno y mirando el rostro de su pasajero por el espejo retrovisor decidido hablar unas palabras. ¿dijo, ese es el lugar donde tienen a los loquitos verdad? y sonrió.!
Si, allí es contestó Avelino desconcertado e incomodado por la pregunta del taxista.
A lo que el señor soltó otra pregunta aún más incómoda para Avelino. ¿Va a ver algún pariente?

Avelino solo volteó a la ventana para tratar de evadir la pregunta y pensó un rato. Si, le contestaba o no a él insolente taxista. Hasta que contestó. No es solo un amigo que no veo en muchos años.

Para esto la experiencia del taxista le hizo ver que había molestado a su cliente con las preguntas y aun así añadió. hay dispense usted, Avelino dijo que se llamaba verdad. Solo pregunto para hacer la plática y por curioso ya ve como es uno. Además, que de esa manera el viaje se vuelve más ameno. no cree usted?

Está bien contestó Avelino y solo movió la mirada hacia la ventana. Diciendo no hay problema.

¿Usted no parece de por aquí? digo porque no habla como los de por acá. ¿De dónde es? ¿Si se puede saber?

Si soy de aquí solo que me fui mucho tiempo para California. Contestó Avelino.
¿Eso está en los estados Unidos verdad?

Efectivamente. Avelino sintió que por un momento este taxista se había ganado su amistad. Lo cual se le hizo muy extraño ya que por lo regular nunca hablaba con extraños.

Qué bueno que este de regreso por estas tierras y como se le hace el pueblo después de tanto tiempo que estuvo lejos.

En verdad que todo está muy diferente de como yo lo recordaba dijo Avelino ya con más confianza.

Si este pueblo no es el mismo, de cinco años para acá, hicieron muchos apartamentos y la gente ya está perdiendo poco a poco sus costumbres ya no son las cosas como antes. Lo cual es una pena porque se han perdido las tradiciones. Entonces viene usted a visitar a sus parientes.?

Bueno vengo de visita a ver a mis viejos amigos y también a arreglar unas cosas del testamento de mi abuela que falleció hace poco.

Que lastima escuchar eso paisano mi más sentido pésame.
No se preocupe, todo está bien. Contestó Avelino soltando un suspiro por a ver recordado a su abuela y eso se produjo un silencio.

Después de unos minutos, el taxista siguió interrogando a Avelino lanzando un torbellino de preguntas una tras otra. Avelino sintió que se desahogó con el taxista al poder contarle tantas cosas de su vida. Hasta que por fin llegaron a la clínica de salud. Cuando por fin se bajó de aquel carro sacó un billete y se lo dio. El señor quiso darle su cambio, pero Avelino con una señal dijo que se quedara con el cambio y se alejó dispuso a entrar en el inmueble aquel. A lo que el taxista solo siguió su camino.

Al entrar en aquella clínica pudo mirar un mostrador donde se encontraba una chica enfrente de un computador. Entonces, y sin pensarlo se fue directo hasta ella para preguntar si allí estaba su amigo Artemio. Sin embargo, la muchacha antes de que Avelino pudiera decir algo le lanzo las palabras. En que puedo ayudarlo.?

A lo que Avelino contestó con algo de pena, Vengo a ver a un amigo. ¿Cuál es el nombre del paciente? Añadió la secretaria.

Se llama Artemio O. entonces la muchacha que en su gafete decía Alondra F. se dispuso a buscar entre sus pacientes si en realidad estaba Artemio allí. Avelino se impaciento porque miró que la señorita se tardaba mucho en encontrar a su amigo dentro de la inmensa lista de personas y entonces decisión preguntar si todo estaba bien porque se tardaban tanto. A lo que ella contestó. Si, esta todo bien. Solo que necesito hacer una llamada antes de dejarlo pasar. Si gusta puede tomar asiento y le llamare cuando esté listo el paciente para que pase a verlo. - Claro está bien, entonces Avelino paso a sentarse en una de las sillas que estaban recargadas en la pared del lugar y la muchacha tomó el teléfono e hizo varias llamadas. Pasaron quince minutos para que otra mujer con mayor rango apareciera en la escena preguntando a la muchacha quien señalaba directamente a donde estaba Avelino. Mientras ella asintió con un movimiento de cabeza.

Buenos días, es usted familiar de Artemio O. Bueno soy un amigo de la infancia. Que bien que viene a visitarlo por lo regular él no tiene visitas, pero es bueno que alguien se preocupe de su salud. Oh disculpe soy la doctora Abigail R. conoce usted a alguno de sus parientes secanos de Artemio. La verdad solo conocía a su abuela, pero ella murió hace mucho tiempo también conozco a su tío Adán, pero no sé qué pasa porque yo no vivo a qui yo solo estoy de visita y me enteré que Artemio estaba aquí y entonces quise venir a verlo y ver como estaba mi amigo. Cuénteme, desde cuando lo conoce. Pues yo lo conozco desde la infancia desde que éramos unos niños. Venga por aquí sígame. Caminaron por un pasillo donde todo era blanco las paredes, los pisos. Dentro de ese pasillo se escuchaban risas y todos platicaban a lo que la doctora paro frente a una puerta y antes de abrirla procedió a hacerle unas recomendaciones a Avelino, aquí es el área de diversión a qui ellos miran tv, pintan o juegan juegos de mesa. Avelino echo una mirada hacia dentro y miró que todos estaban concentrados haciendo sus cosas entonces volteó con la doctora diciendo todos se bien ni parece que estén locos dijo Avelino husmeando entre la ventanilla de cristal reforzado con una malla de metal entre en medio y que solo dejaba ver una parte del lugar, así que no pudo darse cuenta que su comentario le había disgustado mucho a Alicia la cual hizo una mueca de coraje y se mordió los labios para no echar lo del lugar con todo respeto pero no le voy a permitir que les vuelva a llamar locos a los pacientes, porque aquí nadie está loco. Son enfermos que como cualquier enfermedad se curan o se puede vivir una vida normal para eso es la medicina, replico la Doctora con mucho respeto, pero muy directa en sus palabras así que Avelino solo pudo mirarla avergonzado por sus palabras, pidiendo disculpas. Claro yo solo decía, disculpe usted Doctora. Claro no mas no lo vuelva hacer añadió Alicia y siguió caminando por el pasillo mientras decía sígueme por aquí.

Caminaron varias puertas hasta llegar a una puerta corrediza que lo llevaba a un jardín muy bonito donde varias personas estaban sentadas, otras caminaban alrededor del jardín ayudados por enfermeras. Abigail se paró en medio del jardín y alzando la mirada como cuando un águila busca a su presa. De esa manera escaneo el lugar hasta ver en una esquina bajo un arbusto estaba un joven con una varita. Allí esta venga por aquí, le llamo al visitante Avelino que sin replicar la siguió paso a paso hasta que se acercaron a donde estaba aquel joven. En silencio pudieron escuchar que aquel joven decía ESCOLOPENDRA, ESCOLOPENDRA al mismo tiempo que con la varita movía un ciempiés. La doctora mirando la acción del joven se acercó más para preguntarle Artemio que estás haciendo. A lo que él respondió con las mismas palabras Escolopendra. Y seguía moviendo la varita de lado a lado repitiendo las mismas palabras. La doctora tomándolo de la mano lo llamo por su nombre y le dijo mira tu amigo Avelino te vino a visitar. Artemio se le quedo mirando y repitió Avelino me vino a visitar si contestó la doctora mira él es tu amigo que vino a visitarte. Avelino, se quedó pensando tratando de recordar. Avelino solo lo miraba fijamente esperando la reacción de su amigo, pero su amigo divagaba en sus pensamientos en eso la doctora lo tomó de los hombros y le volteó la cabeza para que mirara a la dirección donde estaba su amigo. Pero el solo se sonrió y agacho la mirada para coger su varita y jugar con el ciempiés repitiendo las palabras Escolopendra.

Bueno los dejo un rato para que hablen dijo Abigail. Cualquier cosa solo levante la mano allí en la puerta están dos enfermeros que podrán ayudarlo, en caso de una emergencia. Diciendo esto se dio la vuelta y se apartó del par de amigos. Entonces Avelino se acercó a Artemio y escucho cuchicheo de Artemio, pero no entendió ni una palabra. A lo que Artemio le pregunto por segunda vez. ya se fue? Avelino desconcertado se le quedo mirando y no supo que contestar. Artemio al no escuchar respuesta repitió la misma pregunta, pero esta vez con coraje, pero entre dientes. ¿Que si ya se fue la doctora? Si ya se fue. Porque.? ¿Qué pasa? Que haces porque estas en este lugar.? Son muchas preguntas dijo Artemio. Sabría que vendrías mi tío me lo dijo por eso ya te estaba esperando dijo Artemio. Avelino se quedó mirando, sorprendido de las palabras que aquella persona hablaba. simplemente estaba desconcertado casi perplejo pues no sabía que pensar, y se preguntaba cómo es que sabias que sabía que vendría? Tenía muchas preguntas para hacerle a Artemio, pero por esta vez solo sé quedo observando y no dijo ni una palabra.

Artemio había sido su amigo en la infancia, pero no estaba seguro si era este el mismo Artemio de aquel entonces. Puesto que habían pasado muchos años ya. De hecho, ya ni siquiera se miraba igual su apariencia era muy diferente de como él lo recordaba.

A lo que Avelino solo seguía mirándolo sin decir nada, pero lentamente se fue acercando como para crear confianza. Entonces quiso con su mano poder tocar el hombro de Artemio y darle una muestra de afecto, pero cuando su mano apenas si rozo la vestimenta de Artemio. Artemio, comenzó a balbucear palabras raras como si estuviera hablando otro idioma. De su boca no salían palabras más bien parecían quejidos como si algo estuviera molestándolo por dentro. Además de que los ojos se le iban de lado como si estuviera sufriendo una especie de embolia facial.

Artemio hablaba y movía la varita de arriba para abajo como si estuviera en un trance. A lo que Avelino volteó a ver a los enfermeros que estaban en la puerta platicando, distraídos, tanto que no se percataban de lo que estaba sucediendo con Artemio. Avelino sintió miedo y por un momento pensó en hacer una señal de ayuda con su brazo y así llamarles la atención, para que vinieran a su rescate, el corazón le palpitaba tan fuerte que podía sentir los latidos en sus rodillas que se movían con voluntad propia. De alguna manera el sintió que algo no estaba bien con su amigo y temía que algo se saliera de control. Pero en eso Artemio volvió en sí. Los ojos le regresaron a su normalidad y volteó la cabeza. Para mirar a la persona que estaba a su lado tubo que girar también parte de su cuerpo y lo que miró fue sorprendente y extraño a su vez hay estaba alguien que estaba seguro que conocía del pasado. La cara se le hacía conocida pero no recordaba el nombre. Artemio no creía lo que estaba enfrente de él, y se preguntaba una y otra vez si aquello era un sueño. En ese momento tuvo que asegurarse de que no era una alucinación, o algo fuera de esta realidad. Entonces le toco el brazo para estar más seguro de que su mente traviesa no le estaba jugando una mala pasada. Esa mente que había le ha estado llenando la cabeza de ideas locas y que le ha estado jugando muchas bromas últimamente.

Miró fijamente ha Avelino, y lo miró directamente a los ojos con toda la intención le escudriño el alma. Para ver si en algún lugar de su alborotada mente encontraba su nombre o algo que le identificara, le diera una pista. Así pasaron varios minutos para poder reconocer ese rostro. Se quedaron un rato así mirándose uno al otro sin decir ni una palabra. Hasta que Artemio lo empezó a reconocer el rostro de Avelino, ese que por muchos años no había mirado pero que sin duda nunca había olvidado.

Varias memorias empezaron a pasar por su mente una vivencia tras otra fue como un viaje lineal de su vida. Entonces todo cambio, Artemio era otro. Todo su semblante cambio y empezó a hablar. Hablaba palabras que ahora si se le podía entender, pero era tan bajo el volumen que apenas si se le podía entender era como si murmurara para que nadie lo escuchara. Nadie excepto Avelino quien era el que estaba a su lado atento a sus palabras.

A lo que Avelino tuvo que prestar mucha atención e inclinando su oído pudo escuchar; que decía palabras sensatas, palabras cristianas. Mientras seguía jugando con su amiguita la oruga del jardín y decía; un domingo, y guardo silencio. Después de una pausa empezó de nuevo como si recordara algo. Comenzó de nuevo Ese domingo reafirmo ese domingo todo cambio. Ya nada fue lo mismo ahora todo es diferente. – que paso ese domingo Artemio.? Pregunto Avelino con mucha curiosidad.

Era un domingo normal nada de los que no haya vivido antes. - Avelino se quedó desconcertado, pero no quiso interrumpir más, y solo miró y escucho. -Ese día se levantó Arnulfo con toda la actitud motivado y listo a silbar uno de los partidos más importantes de la región. Pero no sin antes pasar a la nevera y tomar don blanquillos para su merienda. Procedió a quebrarlos en un vaso de cristal que tomó de la lava trastes, como de costumbre. Le puso el resto del jugo de naranja que sobraba en el recipiente aquel que había comprado el día anterior. Después de vaciar el jugo, tomó el vaso con la mano derecha y tomándose su menjurje de un solo trago, bajo el bazo, y lo regreso al lava trastos. camino hasta la puerta de salida diciéndose a sí mismo al rato que regrese lo lavo. No quiero que se me haga tarde otra vez y Así comenzó su día normal hasta lo que cave.

Por consiguiente, tomó su mochila y la abrió y comenzó a husmear dentro de ella. Mirando que no le faltara nada de las cosas importantes que debía traer. En eso se le vino la idea y pensó, antes de irme revisare el estado del clima. No me gustaría que algo me agarre desprevenido y procedió a revisarlo en su teléfono nuevo.

Arnulfo era organizado y muy impecable con sus horarios no le quería que nada estuviera fuera de lugar. Porque ya le había pasado antes, que si ocupaba algo y si por alguna razón no estaba allí dentro de su mochila o si por alguna razón se le haya olvidado. Eso le daba mucha rabia. Además, no le gustaba andar batallando a medio partido o tantito peor tener que andar pidiendo prestado las cosas que él sabía que la tenía, en pocas palabras no le gustaba deberle favores a nadie. Él siempre decía las palabras que le había enseñado su abuelo "el hombre acaricia al caballo para montarlo."

Por eso odiaba la irresponsabilidad de las personas, por eso él siempre cuidaba su imagen y sus cosas. Además de que con esa actitud Arnulfo gano varios premios al trabajador del mes o el mejor estudiante en la escuela pues su diciplina era como la de un militar y siempre era el mejor ejemplo para los demás.

Al mirar que todo estaba bien dentro de la mochila la tomó de la correa y de un jalón se la hecho al hombro, abrió la puerta y salió de prisa.

Camino varias cuadras hasta donde estaba el parque, aquel que aguardaba la más grande de sus pasiones. Pero no sin antes parar en la tienda de Hortensia como ya era costumbre desde hacía ya muchos años. Paro a comprar aquello que le daba sentido a su existencia eso que le ayudaba a aguantar la tristeza que cargaba su entristecida vida. Para lo que en realidad vivía, y para lo que él había venido a esta vida.

El futbol, sin duda es el deporte más hermoso del mundo y al que le dedico su vida entera. Pero el alcohol ya venía siendo parte de su vida desde el mismito día que cumplió seis años cuando su padre le daba tragos de cerveza para que se hiciera hombre. Palabras que recordaba una a una cada vez que terminaba ahogado de licor. Soy un hombre; mírame, decía en sus delirios. Ya todos lo conocían y cuando lo miraban bien briago mejor lo dejaban solo. Pero eso a Arnulfo no le importaba el solo vivía su vida al máximo decía cada vez que alguien intentaba hacerlo entrar en razón.

Al llegar al parque se encamino hacia la parte del campo que estaba designada para él, y sin más preámbulos se sentó en la banca y se cambió el calzado, se colocó las espinilleras, y se quitó el pantalón deportivo que llevaba puesto. Lo doblo cuidadosamente y lo coloco a un lado de su mochila quedándose en un diminuto y desgastado short negro, desgastado por el uso de varios años que ya llevaba de arbitro. Cada domingo, temporada tras temporada, año tras año, siempre era lo mismo.

Se estiro los músculos de las piernas un poco hizo un par de sentadillas y dos o tres saltos. Después y de prisa camino al centro mirando su cronometro y dio el primer aviso de que el partido estaba a punto de empezar.

Dando un fuerte silbido sintió como sus pulmones se contrajeron demasiado y tan fuerte que en ese preciso momento sintió un pequeño pinchazo en el lado izquierdo y dejo salir un pequeño gesto de dolor mientras se agarraba el brazo. Abría y serraba la mano una y otra vez como para que la sangre le llegara más rápido mientras sentía como se le entumía de los dedos al hombro. Se quedó pensando y esperó un momento a que se pasara y después lo ignoro. Ya conocía esa sensación ya otras veces lo había sentido y nunca había pasado nada. De hecho, con este ya era más de un mes que lo venia sintiendo en frecuentes ocasiones, cada vez más seguido. Por alguna razón le daba miedo ir a ver al doctor pues temía que le fueran a dar malas noticias y prefería ignorar todo. Algo le decía que habría que cuidarse y comer más saludable lo cual trataba, pero siempre era presa de sus antojos en especial los menudos del sábado y las carnitas del domingo con don Casimiro. Lo peor que temía era que le dijeran que tenía que dejar la bebida. Prefería morirse antes que dejar esas cosas que lo hacían de alguna manera feliz. Prefería no darles la más mínima importancia a los mensajes de su cuerpo. Sabía que pronto lo olvidaría otra vez y miró su cronometro para despistar.

Lo que él no se había fijado era que ese pinchazo lo sentía cada vez más fuerte y más largos cada que comía carnitas de puerco. Él pensaba que la comida no tenía nada que ver que todo era por los corajes que le hacían pasar los jugadores. Además de que era muy enojón y exageraba siempre las cosas.

Esperó un par de minutos parado en el centro de la cancha. Luego otros diez minutos más. Miró de nuevo su cronometro y miró hacia riba como pidiéndole un favor al sol que no calentara tanto. Pero el sol, y los nervios le hacían sudar las manos, el calor que hacia ese domingo era espeluznante. El termómetro marcaba los cien ochenta grados Fahrenheit para la tarde de ese día. De hecho, apenas eran las diez de la mañana y la temperatura ya estaba a cien veinte grados, se esperaba que, a medio día la temperatura alcanzara los máximos cien ochenta grados a la sombra. De manera que Arnulfo ya sentía el aire muy denso, pesado, caliente. Tanto que por un momento pensó en ir a un arbusto y sentarse a tomar una de sus cervezas que traía de contrabando en su mochila. -Como de costumbre siempre de camino a la cancha pasaba al expendido de doña Hortensia y compraba sus dos cervezas una para el medio tiempo y otra para el final del partido. Ese día no fue la excepción pues sabía que haría mucho calor y además que sabía que cabían muy bien en su mochila las dos sin ningún problema además de que no se calentaban por la tela impermeable que tenía la mochila, añadiendo que no dejaba salir el frio tan fácilmente. Manteniendo así la temperatura favorable por dos horas, lo que duraba el partido. Por eso, era perfecta y por eso cuando fue a la tienda hizo varias preguntas antes de comprarla. De esa manera que siempre traía una o dos cervezas en su mochila a veces era para curarse la resaca del día anterior. Algunas veces cuando se sentía en confianza compartía una con algún jugador o algún viejo conocido que llegaba a la cancha a ver los partidos. Cuando pasaba eso Arnulfo no llegaba a su casa hasta el siguiente día y si bien le iba a la media noche.

Ese día pensó que era mejor esperar a que pasara el partido y después disfrutaría más las cervecitas y con suerte se arrimaban uno o dos compañeros para armar el peda. Al cavo ya conocía la rutina y sabía que ese día pintaba para un peda dominical. Al fin y al cavo nadie lo esperaba y a nadie tenía que rendirle cuentas.

Volteando a ver su reloj miró que habían pasado el tiempo reglamentario. Se llevo el silbato a la boca y de nuevo soplo muy fuerte. Soplo hasta que su abultada panza se contrajo tanto y los cachetes se le entumirán tan fuerte que desfiguraban su rostro. En eso sintió el pinchazo en el brazo izquierdo una vez más. Esta vez la reacción fue de llevar su brazo derecho al pecho, esta vez fue muy fuerte y durando un lapso de cinco segundos. Por un momento quiso resollar, pero envés de eso contuvo el aire y todo se tornó borroso como si una niebla tapara su vista, y pensó; creo que mañana iré a ver un doctor sin falta. Respiro por la boca y se repitió a si mismo ya se me pasara. Tratando de ignorar una vez más y cuido las apariencias más esta vez sí le dejo una sensación de malestar. Pero se incorporó como un guerrero e hizo como si nada hubiera pasado. Hubiera querido que alguien tan siquiera le preguntara como se sentía, pero todos estaban en sus calentamientos que todo se miró normal.

Los jugadores al escuchar el silbatazo se levantaron y caminaron a tomar posesión de la cancha. Se acomodaron cada uno en su posición, echaron a la suerte la posesión del balón, y echando una moneda al aire se jugaron el lado de la cancha. Medias blancas gano el lado derecho, lado que no afectaba los ojos por la posición del sol, tomó el balón el de las medias naranjas y camino hasta la línea que divide la cancha en dos y puso el balón en el punto indicado dejándolo allí para que sus compañeros movieran el balón indicando el comienzo del partido.

Entonces todo estaba listo, para que el partido comenzara. Arnulfo dio las ultimas indicaciones a los jugadores. Sin más tiempo que perder silbo el inicio del partido. El capitán de medias naranjas camino al centro y pateo el balón hacia tras rebuscando a uno de sus compañeros

Comenzó el partido; se mueve el número diez hacia la izquierda. Corre con todo su poderío hacia la portería. EL nueve le manda un pase cruzado, que le cae directo a la media derecha. Se perfila para tirar un puntapié con todas sus fuerzas. hubiera querido patear el balón y poder anotar un gol, pero la pelota pego en la orilla de un pozo y dio un bote alto cambiando su trayectoria y asiendo que fallara la patada. Mientas la pelota se iba de largo. Arnulfo mirando fijamente la jugada miró claramente como una pierna con medias blancas sale de la derecha golpeando el tobillo de la media anaranjada sin tocar el balón en ese momento y con toda la actitud silbo la falta e inmediatamente después miró como la raya que dividía el área chica con el resto de la cancha estaba del otro lado de donde había sido la falta, así que solo señaló el tiro libre reglamentado. Dos toques decían las reglas y eso fue lo que ordeno. En ese momento varias calcetas anaranjadas corrieron y se le encimaron reclamando una sanción más severa para la calceta blanca alegando una expulsión, pero Arnulfo sabía que no podía hacer tal cosa. Porque se echaría a los otros jugadores encima además que no fue tanta la falta. Las reglas decían que solo era una infracción de amarilla cuando mucho, ya que fue una falta involuntaria un accidente en pocas palabras. Sin embargo, sacó una tarjeta amarilla y dio una advertencia verbal añadiendo que para la próxima lo expulsaría del juego. Aun que había pensado en solo dar una sanción verbal, pero pensó que una amarilla era más efectiva para así evitar faltas futuras. Además, de que así calmaría los ánimos. Pero las calcetas blancas no estaban conformes con la sanción y empezaron a empujar a las calcetas naranjas. Otros alegaban que era penal que casi le quiebra la pierna. Arnulfo firme con su decisión solo concedió el tiro libre. A causa de la alegata sacó un par de tarjetas a otros jugadores por los empujones lo bueno que no llegó a más no esta vez.

Se perfilan las piernas, con medias naranjas, para patear el balón; van apenas diez minutos de partido y ya contaban con una ocasión de gol y un tiro libre. El jugador corre y pone toda su fuerza en la pierna izquierda, se apoya abalanzando su cuerpo y girando con los brazos patea el balón por debajo de la circunvecina logrando así levantarlo tan fuerte que la pelota se elevó por todos los cielos pasando como dos metros por encima del travesaño llegando hasta la carretera de enfrente, causando la molestia de todos sus compañeros. Dando así una puta al partido y enfriando los ánimos.

El portero toma otro balón de los que tenía cerca mientras uno de la porra corre a recoger el balón que se fue hasta la calle rebotando en un carro que pasaba por el lugar. El portero acomoda el esférico y lo patea lo más lejos que pudo; haciendo, el reinicio del partido.

Va el diez Asia la izquierda corre con todas sus fuerzas hacia la portería contraria. manda un pase a su compañero y se adelanta esperando una pared. El compañero hace la finta y adelanta el balón burlándose al defensor que lo esperaba en posición para desprenderlo del balón. Corre y mira a su izquierda que el diez estaba desmarcado y le manda el pase arrastrado. El diez al mirar la intención de su compañero se perfila esperando que el balón llegara a la posición exacta para patearlo. La distancia era favorable y el portero estaba fuera del área. Arnulfo miró claramente como una pierna con calcetas anaranjadas sale de derecha y se barre con los tachos por delante trabando la pierna de la media blanca sin tocar el balón. A consecuencia de ese golpe la pelota cambió su trayectoria y pega en el poste rebotando lejos del área de tiro.

En ese momento y sin pensarlo Arnulfo pito la falta levantando el brazo y señalando el lugar exacto donde se cometió la falta. Después miró una raya blanca que dividida la cancha grande y por diez centímetros no fue penal. Asique solo marco tiro libre. Como en la ocasión anterior no sacó su tarjeta roja pues pensó que en esta coacción se emparejaban las cosas y sacó la tarjeta amarilla. De pronto una persona llega por dé tras de Arnulfo y empuja al infractor. Creando una trifulca entre jugadores unos decían que era roja otros que era de cárcel. Unos por otro lado se empujaban al de las medias naranjas lo tuvieron que proteger porque lo querían golpear.

Empujones y puñetazos de un lado a otro empezaron a tirarse los jugadores. A lo que Arnulfo solo silbaba y silbaba su silbato envuelto en la adrenalina. Sacó la tarjeta roja y los expulso a los dos. De una vez se van gritaba. Tú y tu también, te vas.

A los del otro equipo también les levantó la tarjeta roja y les dijó con tono autoritario se van. Creando el descontento de todo el equipo. Por la agresión anti deportiva, se van. Cuando los entrenadores de cada equipo miraron corrieron y entraron a la cancha impidiendo que la pelea creciera más, y salieran más expulsados lo bueno que gracias a Dios pudieron calmar los ánimos de los jugadores y cada quien se fue a sentar. Tomaron agua y se calmaron, mientras Arnulfo respiraba y sentía como se le iban las fuerzas mientras le brincaba el parpado derecho. Después marco el tiro libre, el mismo que se disponía a cobrar el capitán toma la pelota con las manos y la acomoda. Hace una pequeña oración pidiendo la buena suerte a su Dios, por último, se persigna. Perfilándose directo a la portería da tres pasos para atrás cuenta hasta cinco y corre directo al balón sin quitar la mirada al ángulo derecho. Patea el balón. La pelota viajaba tan rápido que el balón Agarró un efecto de curvatura hacia dentro del segundo poste. todas las miradas van siguiendo la trayectoria del balón Arnulfo se lleva el silbato a la boca cuando se mira como el portero se lanza y estirando todo el brazo derecho logra desviar la pelota hacia fuera de la cancha. Arnulfo al ver tan tremendo lance, y al fallo del tiro libre. Pita un tiro de esquina, eso le comienza a vibrar la canilla a consecuencia del cronometro que indicaba el termino de los cuarenta y cinco minutos reglamentarios. Bueno, me quito de problemas y pita el término del primer tiempo. Ni siquiera dejo que tiraran el tiro de esquina. Los jugadores se encaminaron a los quince minutos de descanso reglamentario alegando, que no los dejo cobrar el tiro de esquina, pero a la vez satisfechos con la decisión de Arnulfo.

Arnulfo con sus doscientas cuarenta libras de peso corporal y sus cinco pies, siete pulgadas de estatura. Arnulfo se movió lo más rápido que pudo para el lugar donde estaba su mochila, y tomó una de sus cervezas. Movió el brazo para ver su reloj, y notó que ya habían pasado cinco minutos, por alguna razón el tiempo está corriendo más rápido de lo normal pensó, eso es bueno se respondió a el mismo. Fue en ese momento cuando notó que el hormigueo en su brazo comenzaba de nuevo, era como un calambre o algo parecido que le recorría del hombro hasta los dedos. Creo que algo anda mal se dijo serrando y abriendo el puño. Ya se me pasará y le dio un buen trago a la botella de treinta dos onzas y se sentó a descansar.

Terminando los quince minutos de descanso reglamentarios, los jugadores están listos para volver a la cancha. Arnulfo el equipo de medias blancas mueve la pelota.

Se miran como las piernas pasan la pelota de un lado a otro. Arnulfo siempre se imaginaba como si fueran unos cien pies. Un equipo de futbol es como unos cien pies pensaba cada vez que miraba muchas piernas corriendo. Se imaginaba un cuerpo con cian piernas todos moviéndose como un solo cuerpo. Las piernas caminan y juegan porque están conectadas una a la otra. Como una escolopendra gigante.

Ya los jugadores estaban cansados llevaban corriendo una hora y quince minutos. Entonces los profesores decidieron meter piernas frescas por las bandas y hacer unas modificaciones. Entonces dieron indicaciones a sus pupilos y pidieron a Arnulfo hacer unos cambios en la primera oportunidad que hubiera.

Arnulfo miró el pase dividido y el choque de piernas, haciendo que el balón rebotara y saliera de la cancha. Permitiendo así que se produjeran los cambios de jugadores. -Los cambios por lo regular se hacen cuando un jugador se lesiona, las tima o en el peor de los casos si el entrenador piensa que no está rindiendo en la cancha. Lo malo que Arnulfo no tenía cambios; el seguía corriendo, de un lado para el otro aguantando el calor y ese dolor de pecho que lo agobiaba, sin descanso sin nadie que lo relevara.

De pronto miró, el balón ser lanzado de un lado de la cancha hasta el otro lado creando un cambio de juego del equipo de medias naranjas, el pase era largo muy largo. Tanto que no alcanzo a ver quién recibiría el balón, pues el sol lo encandilaba, se colocó la palma de la mano izquierda para hacer un poco de sombra a sus ojos castaños. Entonces aceleró el pazo para ver más de cerca la jugada. Pero cuando el otro jugador iba a recibir el pase llegó un contrario al equipo y ganándole la posesión termina golpeado con la cabeza la pelota de regreso. Arnulfo al ver esta acción se dio la vuelta lo más rápido que pudo, y comenzó la carrera de regreso. El cabezazo fue tan duro que mando la pelota al centro de la cancha. Arnulfo corriendo de regreso siguió la trayectoria del esférico percatándose de que unas medias naranjas brincaban con una patada de karateca pegándole al balón de regreso. Arnulfo soltó el poco aire que le quedaba y bajo los brazos. Sintiendo un mareo que le robaba el aliento se llevó las manos a las rodillas. Sintió como que no alcanzaba el aire para resollar y llenar sus pulmones. Apretándose las dos rodillas, comenzó a sentir como su corazón bombeaba rápido, acelerado, tan rápido que sintió las palpitaciones en la frente. Miró como el piso de tierra y piedras se movía de un lado a otro y las piedras hacían un baile como olas de mar. Sentía que los ojos se le querían salir del cajete y se abrían involuntariamente sin dejarlo parpadear. El sudor le recorrió el rostro moreno y cachetón, lleno de arrugas y canas. los cachetes se le cayeron junto con sus esperanzas. Poco a poco empezó a ver todo oscuro como si una neblina cubriera el campo, no podía distinguir nada. En eso cayo de nalgas agarrándose el pecho y mirando hacia el cielo. No aguantó más el cansancio, el brazo le dolía tanto que no podía soportar más. Con los ojos pelados y casi sin aliento miró como la escolopendra lo rodeaba abriendo la boca como si se lo fuera a comer y su cuerpo se llenó de adrenalina. Se sentía confundido no sabía si se lo quería comer o lo quería ayudar. Pero por alguna razón extraña no sentía miedo de hecho por alguna manera extraña y fuera de este mundo sentía paz. Las medias naranjas y las blancas lo rodeaban de pies a cabeza. Escuchaba voces, voces que no conocía revueltas con otras que si le sonaban familiares. Unas gritaban, llamen a la ambulancia otras eran suabes y dulces. Él quería decir que no era necesario que él se sentía bien. Pero por la alegata y el desespero no lo podían escuchar.

-Mira está muy pálido decían algunos. De repente ya no sintió más nada, el dolor desapareció lo cual era muy extraño por qué; aunque, se sentía bien no se quería levantar estaba en paz, y a gusto. Más aún seguía escuchando el murmullo de la gente a su alrededor, pero ya no le importo. Arnulfo empezó a mirar cosas que ya no podía distinguir lo raro era que el sol ya no le encandilaba y los rayos de luz se tornaron de colores y tomaron formas como de gente. Gente que no había mirado antes pero que algo muy dentro de él le decía que los conocía. De pronto la neblina se disipo y todo se tornó obscuro, como si una mano le tapara los ojos. Lo extraño era que aún seguía mirando la luz incandescente frente a él. En eso miró como alguien que parecía su abuelo, su héroe, se empezó a cercar. Se acercaba rápidamente, abriéndose camino entre la multitud y diciendo su nombre. El hombre con el sol a su espalda caminaba y se acercaba más y más. En eso lo tomó del brazo, Arnulfo vente estarás bien y con una fuerza que no había sentido antes, lo ayudo y se levantó. Camino sin mirar atrás anonadado porque no daba tregua a lo que estaba experimentando.

Las voces se confundían entre ruidos y sonidos como de perros en brama; pero, ya no le importo nada más. Arnulfo siguió mirando aquel hombre que lo llevaba del brazo. En eso muchas personas se empezaron a acercar. Una a una lo empezaron abrazar dando muestras de amor y cariño. – sentimiento que hacía mucho tiempo no sentía y que ya había olvidado. Arnulfo estaba desconcertado perplejo, hasta que de entre aquellas personas reconoció a Sofia. De entre todas ellas Sofia, estaba allí ella la siempre única Sofia, su amada esposa. Entonces se dio cuenta de que quizás estaba alucinando o aún peor ya estaba en el otro lado del túnel. Pero la alegría de verla, apago tal pensamiento y borro toda tristeza entonces abrió los brazos y se abandonó a la emisión.

Se abrazaron hundidos en un fuerte beso. De pronto escucho a su mamá, que le decía pollito, y no pudo contener las lágrimas de tanta felicidad que desbordaba su espíritu.

Arnulfo no sabía que estaba sucediendo, la razón no tenía cavidad entre tantas emociones. No podía pensar en nada más de lo que estaba experimentando. De tal manera que solo se dejó llevar sin poner un solo pensamiento. En eso sintió como su cuerpo fuera de papel ya no sabía si estaba en la tierra o en el espacio, si estaba arriba o abajo, chiquito o grande. Solo miraba como las personas llegaban de todos lados y lo abrazaban y se fundían todas entre sí. El solo se dejó abrazar por toda esa gente y sentir el calor que le brindaban y se dio cuenta de que habían venido a verlo de todas partes del universo solo para entregarle todo el amor del mundo que él no conocía aún. Por todo esto se sentía tan alegre y de amor. Todo con una intensidad que no le cabía en el pecho. Que por cierto ya no le dolía más. De hecho, ya no había más dolor de ninguna clase, todo era paz.

De pronto miró como una línea amarilla se movía de un lado a otro, con mucha insistencia se movía rápido cambiando de direcciones. Eso llamo su atención demasiado, tanto que no la pudo ignorar, y tuvo que voltear e inclinar su cabeza hacia bajo. En eso miró a Punki su perrita que no miraba desde que era un infante; ósea, había pasado mucho tiempo casi sesenta años. Entonces se agacho y la cargo, la puso en su regazo y le hablo como quien le habla a un bebe. Acto seguido y con lágrimas en sus ojos. Levanto el rostro y el corazón, para agradecer al universo y las estrellas por toda esa felicidad y todos voltearon a ver las estrellas junto con él.

Avelino solo escuchaba cada una de las palabras que decía Artemio. Avelino no sabía que decir pues tenía un nudo en la garganta que aun que hubiera querido decir algo no hubiera podido. La verdad que se conmovió tanto con la historia de Arnulfo. Que no pudo evitar un par de lágrimas.

¿Avelino se quedó muy emocionado y confundido ahora se preguntaba si Arnulfo en realidad existió o solo fue un invento de su cabeza? o Si en realidad solo era un mensaje que le quería comunicar? porque una historia tan triste.? que me habría querido decir. Avelino pensaba y le daba vueltas a la historia tratando de descifrar algo, pero no podía ver nada en ese momento.

Artemio a su vez solo seguí moviendo el animalito de un lado a otro con su varita repitiendo la palabra escolopendra, escolopendra una y otra vez. Avelino lo observaba detalladamente tratando de psicoanalizarlo, pero sus pocos conocimientos no le alcanzaban para dar una razón a tal desvarió.

En eso sintió un pequeño toque en el hombro acompañado de una dulce voz que decía disculpa, pero la hora de visita termino, tiene que despedirse de su amigo por ahora. Mas puede venir la próxima visita será en dos días a la misma hora. A lo que Avelino asintió con la cabeza y se levantó del suelo de donde estaba, dejando en paz a su amigo. Se encamino hasta la puerta corrediza y se despidió de los enfermeros, pero no se quiso ir sin antes despedirse de su nueva amiga la doctora Alicia. Volteó la cabeza a ver a su amigo quien hacía con su varita jugando como un niño. Pensó en despedirse con la mano, pero Artemio ni siquiera lo volteó a ver, era como si nunca lo hubiera visto.

El chico Infinito
Intriga

Avelino trató de olvidar ese encuentro con Artemio, pero no pudo. Era como si Artemio le quería pasar un mensaje por medio de la historia de Arnulfo. Movido más por la curiosidad que por las ganas de ver a su amigo. Avelino se preparó para regresar a la clínica y preguntar cuanto tiempo llevaba su amigo internado en ese lugar. Quería ver si esta ves tenía más suerte y Artemio se prestaba para platicar. Oh si alguien le sabría dar alguna respuesta, y de esa manera saber porque Artemio estaba allí. En ese lugar. Sabía que trataban bien a los pacientes hasta el momento todo estaba bien, es lo que él había mirado. Pero él sabía que no era bueno que Artemio estuviera mucho tiempo allí metido.

Se llegó el día de la visita y Avelino se preparó con un par de notas. Se colocó una libretita en el bolsillo y de junto una pluma. Se ha cómodo los lentes y salió de la casa al mismo tiempo que se estacionaba un taxi que previamente había ordenado por teléfono. Sin más preámbulos camino al carro y lo abordo hasta llegar a la clínica de salud mental donde estaba su amigo.

Buenas tarde lo recibieron con la cordialidad acostumbrada. La recepcionista y algunas de las enfermeras se mostraban muy atentas mientras Alondra Fernanda. llamaban a la doctora Alicia quien estaba en su oficina, a solo unos pasos de la entrada. Quien al saber que Avelino estaba allí se levantó rápido de su silla y camino a la puerta para verlo. Alicia se emocionó tanto que no pudo esconder una sonrisa pícara. Qué bueno que vino es un gusto tenerlo por Acá señor Avelino. Avelino extrañado por tal saludo no supo que contestar. Solo se le ocurrió preguntar sobre Artemio, paso algo relevante en estos días pregunto Avelino a la doctora. Si, contestó ella; Artemio, se puso feliz después de su visita él comió muy bien y anduvo repitiendo su nombre por todo el día creo que le dará mucho gusto volverlo a ver. A lo que Avelino solo sonrió y siguió mirando a la doctora directo a los ojos como queriendo saber más de ella. Esos ojos cafés claro como dos almendras que adornan su rostro. Donde está el ahora pregunto Avelino sin dejar de ver sus ojos, después sus labios, después sus ojos, era como saborear un caramelo.

Esta en el área de juegos contestó ella. ¿Puedo verlo? Caro venga por aquí lo llevare a donde esta. Sígame es por aquí. Por su puesto contestó él. Se encaminaron lentamente por los pasillos mientras encontraba algún tema de conversación Avelino miró como la doctora empujaba una puerta y le permitía el paso a lo que Avelino con el brazo izquierdo le pidió que por favor pasara ella primero. Ella sintiéndose alagada, camino y sonrió agradecida. Pasaron varias puertas y el coqueteo de las dos partes fue subiendo de intensidad cruzaron un pasillo luego otro, giró a derecha. Después otra puerta, otro pasillo, otra puerta, pero para la joven pareja los pasillos se hacían cada vez más cortos y las puertas más angostas.

Por fin llegaron a una puerta de metal pintada de blanco con una ventanilla de un pie cuadrado en la sima de la puerta. Por la cual se podía ver atreves de ella; antes de abrirla, pudo escuchar mucho barullo gente que reía y hablaba. La doctora abrió la puerta y Avelino pudo ver una televisión prendida. Miró un mueble que tocaba discos de vinyl y se acercó a verlo más de cerca. Reconoció aquello pasando sus dedos por encima recordando a su abuela. Recordó que ella tenía uno parecido y hubiera querido tocar un disco de los que había allí, pero la doctora interrumpió su deseo. Diciendo, por aquí esta Artemio. Avelino levanto la cabeza y escaneo el lugar buscando a su amigo, pero solo pudo ver a un grupo de personas jugando cartas. Mientras otros miraban la tele. Miró también unas mesas donde se encontraban otras personas platicando y armando un rompecabezas. En una esquina estaba Artemio encogido, agazapado, muy pensativo.
Avelino lo miró fijamente y fue hacia él diciendo.

   Artemio como estas. ¿Qué haces aquí? le pregunto de una, pero Artemio no contestó nada, solo se quedó mirando inmóvil. Quien sabe que tanto murmuraba entre dientes. Avelino trató de descifrar lo que decía, pero apenas si alcanzaba a escuchar sonido alguno inclino su oído para escuchar con más claridad lo que decía, y fue entonces cuando Artemio pego un grito tras otro y comenzó a gritar y tomarse la cabeza tratando de golpearse contra sus rodillas. Avelino lo tomó de los hombros y en eso toda la diversión termino y se convirtió en caos los enfermeros de uno noventa que merodeaban el lugar entraron y tomando a Artemio de sus ropas lo agarraron y lo inmovilizaron y en eso entró otra enfermera con una jeringa y se la inserto en la pierna haciendo que Artemio cayera en un sueño profundo.

   Avelino quedo desconcertado y solo se preguntaba a el mismo, que fue lo que paso. Volteó la mirada y siguió preguntando una y otra vez a la enfermera que paso ayer estaba bien decía Avelino.

   Ese día salió de aquella clínica con más preguntas que respuestas. No entendía nada de lo que pasaba con su amigo porque todo de repente se tornaba tan oscuro y hostil para él.

Pasaron un par de días cuando por fin pudo regresar y siguió todo el protocolo de entrada hasta que pudo entrevistarse con la doctora Alicia.

Disculpe Alicia que fue lo que paso con mi amigo, porque se pone así y que es lo que lo trajo aquí a este lugar.

La doctora lo miró. Claro que responderé todas sus preguntas, pero necesito que este calmado y relajado.

No entiendo nada de lo que está pasando aquí y nadie me ha querido decir nada. Avelino no se había dado cuenta, pero su voz se había acrecentado demasiado alterando a la doctora quien a su vez y lo miraba casi con miedo de manera que advirtiéndole con palabras fuertes y claras.

Responderé todas sus preguntas, pero tiene que calmarse y relajarse de otra manera tendré que llamar a los enfermeros. A lo que Avelino dándose cuenta de su error se preguntas, a mirar el final del pasillo respiro profundamente y pidió una disculpa por su comportamiento tan exagerado. Tratando de disculparse nuevamente. Dijo, toda esta situación me tiene desconcertado y no entiendo nada de lo que está pasando y eso me saca de mis casillas.

Lo comprendo perfectamente, pero yo soy la que está a cargo del paciente y esta es una clínica de salud mental y tenemos reglas muy específicas sobre las personas o pacientes.

Claro contestó Avelino, nuevamente disculpe mi comportamiento en verdad estoy muy apenado.

No hay ningún problema créame que estamos especializados y sabemos lo que hacemos con los pacientes. Entiendo su confusión, pero le pido confianza en nuestro trabajo. Por ahora no sabemos que es lo que le pasa a su amigo él no ha querido decir nada no nos ha querido compartir y usted es la única persona que a venir a visitarlo. Por eso esperamos que usted pueda decirnos por donde podemos empezar su tratamiento. Ni siquiera nosotros podemos ayudar si no sabemos que es lo que está pasando. Por eso con su ayuda podremos ayudar, de otra manera es muy difícil, esperó que comprenda nuestro esfuerzo.

Si entiendo, contestó Avelino y después de un rato de silencio suspiro profundamente y hablo diciendo sabe qué. Creo que mejor me voy, esta vez me regresare a casa a descansar un poco, y regreso mejor otro día; discúlpeme, nuevamente.

Claro, creo que será lo mejor, le daré un permiso especial para que regrese mañana y esperó que tenga un buen día. Bueno disculpe me tengo que ir a ver otros pacientes añadió la Doctora.

Claro, que si nos vemos mañana. Avelino se dio la vuelta y se alejó de la doctora después camino hasta la entrada y echo un vistazo a su reloj mientras salía de la clínica. No se dio cuenta de cuantas cuadras había caminado ya, hasta que un gruñido en su estómago le indico que ya era la hora de almorzar entonces pensó en comer algo y después pedir un taxi que lo llevaría de regreso a su casa pensó. Entonces ese pensamiento volvió a sonar en su cabeza "tengo que saber qué fue lo que le paso a Artemio" definitivamente. Recapitulo toda la escena en su cabeza en eso algo en su interior dijo "el tío" claro. Eso fue como una luz que lo ilumino todo eso hare, le tendré que hacer una visita a su tío Adán definitivamente, él tiene que saber qué es lo que está pasando con Artemio.

El mundo en un Hongo
vieja casa

Ese mismo día regreso al pueblo, se dirigió directamente a aquella casa vieja a buscar al señor de pelo cano, al que todos conocían como don Adán. Conforme se iba acercando a la casa sus ansias se incrementaban más y más tenía la seguridad de que don Adán le iba a responder todas sus interrogantes. A la mañana siguiente, se fue directamente a ver al señor y llegó a la casa pegando un grito. ¡Adán, don Adán! Gritó el nombre del señor Adán varias veces unas pegado a la ventana otras por la puerta, pero al no escuchar respuesta volvió a gritar Adán entonces quiso parar y desanimarse, pero gritó una vez más con más fuerzas. Buenas tardes gritó y se acercó más a la puerta. Gritó un par de veces más y nada. Nadie estaba allí ninguna persona, animal o cosa había allí. Al mirar que ninguna respuesta salía de adentro, ningún ruido que señalara que había alguien. Entonces camino alrededor tratando de ver si encontraba alguna manera que le permitiera entrar a aquella casa. Entonces trató de ver hacia dentro por medio de una ventana llena de polvo y telarañas. Mas, no pudo ver nada, solo cosas que parecían basura y trastes sucios, por el olor pudo asumir que nadie había estado allí por mucho tiempo. Fue cuando pensó bueno regresare más tarde entonces se dio la vuelta y empezó su regreso a casa. De pronto cuando un grupo de chavalos pasaba por el lugar y lo miraron husmeando la casa.

Uno de ellos miró a la cara y le pregunto. Busca al brujo Adán.? A lo que Avelino apenado por ser descubierto merodeando la casa se sacudió las manos y contestó sí. ustedes de casualidad saben dónde lo puedo encontrar.?

Mientras esperaba la respuesta de aquel muchacho pensaba porque le llamaban a si ya que el conocía bien a don Adán y nunca se imaginó que fuera eso un brujo. A lo que solo miró y no quiso discutir esa manera de ver al señor Adán. Sabes donde lo puedo encontrar.? Pregunto.

La verdad no estoy seguro, pero él siempre se va para el cerro en aquella montaña y apunto con su dedo a la dirección donde se encontraba la montaña aquella,

Sabes a que horas regresa o a que horas lo puedo encontrar.?

No estoy seguro porque él siempre se va en las tardes y no se sabe cuándo regresa. Él siempre se va a hacer sus cosas de brujería. En eso otro muchacho que estaba allí reafirmo si él siempre se va allá hacer sus brujerías. ¡Y todos soltaron una expresión de miedo seguido de un huy!

A lo que Avelino soltó una risa burlesca, y volteó a ver la montaña y suspiro, recordando las experiencias que vivieron los tres aquel día. Bueno muchachos gracias por la información mejor mañana regreso para hablar con él. ¿Pero antes de despedirse, les hizo una pregunta más de casualidad saben a qué horas regresa don Adán de hacer sus brujerías?

Todos al mismo tiempo contestaron que no. De hecho, hay veces que no lo vemos por varios días dijo uno. Si, cuando menos nos imaginamos aparece por aquí añadió otro. Pero nadie lo ve cuando llega ni cuándo se va es como si se desapareciera es un brujo. ¡Huy! Exclamaron todos.

Avelino siendo un escéptico de todas esas cosas solo hizo su risa arrogante y trató de ignorar esa exclamación. Bueno, entonces lo esperare en mi casa más si alguien lo mira antes que yo pudieran decirle que lo busca Avelino por favor. -Si nosotros le avisamos si lo miramos por aquí.

Bueno esperare en mi casa, y empezó su camino de regreso a su casa al mismo tiempo se despedía de los muchachos y levanto la mano dando la señal de hasta luego.

W-148

Ábrete a Nuevas Experiencias

El chico Infinito
Sera un sueño

Lego a su casa abrió la puerta con esa llave tan grande que apenas si le cabía en la bolsa del pantalón. Entró, y movió la mano buscando el interruptor y encendió la luz. Siguió caminando hasta la cocina; después de tomar varias cosas del refrigerador, se dispuso a cenar las sobras del día anterior sabía que si no se lo comía ese día ya no lo iba a hacer y tendría que tirarlo pues no comía cosas guardadas por más de dos días. Después de quedar satisfecho se quedó sentado en su silla reposando la cena y pensando en todas las situaciones que avía vivido ese día. No pudo llegar a ninguna conclusión y saba que él no tenía ningún control sobre ninguna de esas situaciones, se dijo así mismo bueno no me queda de otra más que esperar a ver que como marchan las cosas y se levantó a echarse un baño y después de hacer todo su ritual de la noche se lavó los dientes, se lavó la cara y desahogo su vejiga lo cual lo puso en un estado de relajación muy profunda que comenzó a bostezar. Como de costumbre después de hacer sus necesidades sintió ese dolor de bajo del ombligo que le indicaba una necesidad de hacer del baño, pero sabía que aun que se sentara no podría hacer. Puesto que ya conocía ese malestar, y se dijo así mismo creo que el café me estaba estriñendo de nuevo. Mañana tendré que ir a la tienda a comprar me él te de anís y unos laxantes. Camino hasta su recamara y se ha costo en la cama y se puso a mirar mensajes en su celular. Miró unos mensajes de su mamá saludándolo y preguntándole como seguían las cosas. Los cuales contestó poniéndola al tanto de las cosas que estaba haciendo en el pueblo y después miró varios videos hasta que sus ojos no pudieron más y se cerraron hasta dejarlo completamente dormido.

Me estabas buscando, se escuchó una voz que le pregunto.
Si, contestó Avelino mientras se acercaba a unas llamas que salían de una madera vieja.

En que puedo ayudarte querido amigo.?

Quería, no más bien quiero preguntarte que fue lo que paso con Artemio porque esta así. ¿Qué fue lo que paso porque esta así de perdido? Que fue lo que aconteció en su vida para que no pueda recuperarse.

¿A lo que le la voz contestó, Artemio no te ha dicho nada?

No, contestó Avelino replicando, ya van dos veces que voy a verlo y nada. La primera vez que lo mire me conto una historia muy rara más la segunda vez se puso muy mal. Tan mal que lo tuvieron que tranquilizar porque se puso a gritar cosas sin sentido. Además, siempre dice cosas que nadie entiende, el caso es que no he podido hablar bien con él.

A lo que don Adán lo miró y comenzó hablar como en otro idioma, se escuchaba como un dialecto nativo, y conforme don adán hablaba el paisaje se iba transformando desvaneciendo hasta que todo se tornó como un universo. De repente, Avelino se miró parado sobre un planeta y todo aquel paisaje se convirtió en toda una galaxia. Don Adán seguía hablando las cosas se movían y Avelino se sentía como en una película de ficción. Saltando de un planeta a otro. Era como si pasara de un universo a otro. De pronto del suelo comenzaron a crecer casas que siguieron creciendo hasta convertirse en edificios de repente todo se tornó gris. Y mucha gente comenzó a salir de la nada, fue entonces cuando todo ese paisaje de colores se convirtió en una gran metrópolis donde la gente amontonada. Caminaba de un lado para el otro, después Don Adán continúo hablando entonces las personas se comenzaron a alejar hasta que todo termino solo, vacío dejando el panorama en una carretera desierta y larga, muy larga que no se alcanzaba a mirar el fin. En eso Avelino miró un maletín de cuero que casi le golpea la cara. En eso una sombra se formó por encima de él y volteó sorprendido. No podía dar tregua a lo que sus ojos miraban aquello lo había dejado atónito pues miraba unas cosas que parecían, unos zapatos seguidos por algo que parcia unas zapatillas de mujer. Quiso correr, pero al mirar para el otro lado, miró lo mismo era como como si todo se hubiera agrandado como si estuviera en una tierra de gigantes, o él se había encogido al tamaño de una pulga. No podía entendía entender nada de lo que estaba sucediendo y su corazón se comenzó a acelerar demasiado que mejor cerró los ojos para no ver nada más. Apretó los parpados tan fuerte para no ver nada de aquello y entonces despertó, de un salto se levantó.

Con el corazón latiendo a mil por hora por un rato sintió miedo y confusión. Pues no podía pensar en nada, estaba asombrado de aquel sueño que fue tan real. Se seco el sudor con sus manos y miro el reloj las tres de la madrugada. No otra vez dijo, y tomó una esquina de la sabana y se cobijó, no de nuevo repitió cerrando los ojos.

Envuelto en sus cobijas y tirado en su cama repitiéndose así mismo fue solo un sueño. Solo eso un sueño y nada más. Hasta que cayo dormido y no saber más de él.

Pasaron los días y no podía quitarse aquellas escenas de la mente y pensó que tal si algo o alguien me quiere pasar un mensaje con ese sueño y comenzó a recordar algunas de las cosas claves de aquella experiencia y dijo una metrópoli. una ciudad y cada vez que recordaba se asombraba más y más era como si en realidad lo haya vivido todo fue tan real que nunca antes había experimentado un sueño así entonces busco de varias maneras como regresar a ese sueño sin obtener ningún resultado. Así paso varias noches tratando y tratando hasta que dijo ya estuvo bueno ya no me importa porque notó que entre más trataba menos podía dormir y toda una semana solo podía dormir tres horas por noche y se desesperó, pero su cuerpo ya se estaba acostumbrando a las pocas horas de dormir y eso no era bueno para su salud entonces ese día dejo de intentar, y fue a la farmacia. Para comprar unas pastillas que lo ayudaran a dormir.

Después de un largo día de ajetreo y sin una señal de mejora de Artemio se fue a la cocina tomó un vaso con agua y se tomó una de las pastillas del frasco morado que lo ayudaban a dormir que de hecho eran de melatonina una sustancia inofensiva y natural que sin duda lo ayudarían a relajarse y con un poco de suerte se dormiría más temprano y así poder dormir más tiempo o lo suficiente para descansar. Bueno ahora si voy a descansar se dijo así mismo. Se acostó sobre su espalda y su mirada se fue directamente a una pequeña grieta que tenía la pared, de pronto la grieta comenzaba a crecer y crecer se fue haciendo más grande hasta que no supo cuando se quedó profundamente dormido.

El Mundo en un Hongo
Pajarito

Abrió los ojos en una ciudad que no conocía, trató de recordar algo que le diera una pista del lugar, pero no pudo encontrar nada que lo ubicara en ese lugar y se dio cuenta que en efecto nunca había estado. Entonces Levanto la cabeza para ver el cielo y diviso unas nubes circulaban un cielo azul, brillante, resplandeciente. En eso miró una cosa verde un plomífero animalito que se movía de lado a lado llamando su atención sin poder distinguir que tipo de pájaro o cosa era aquello que lo distraía, entonces se limpió sus ojos tallándose con los dedos con sus propios parpados hasta quedar en una completa obscuridad. Tardo unos segundos el poder recobrar su vista hasta que por fin pudo aclarar y distinguir algunas cosas que lo rodeaban. Pudo divisar una fila de carros que esperaban una luz verde del semáforo enfrente de ellos además miró como varias personas caminaban de un lado a otro como en una esquina un grupo de jóvenes bailaban un ritmo clásico fue como si hubiera retrocedido en el tiempo veinte o treinta años atrás. Hasta las ropas de las personas lucia algo fuera de moda. Mas no pudo reconocer más cosas pues esa cosa seguía revoloteando alrededor de su cabeza.

Por fin pudo distinguir y claramente vio como un pájaro verde fosforescente con toques amarillos en sus alas y cuello. Se acercaba cada vez más.

Se acercaba y se alejaba haciendo ese movimiento varias veces. Como invitándolo a algún lugar. Entonces Avelino pudo leer ese mensaje y comenzó a caminar tras de él.

El pájaro volaba sobre las cabezas de los peatones sin ni siquiera ser molestado era como si nadie lo pudiera ver además de Avelino. El pájaro volteaba el pico para cerciorarse de que Avelino lo seguía. Avelino camino varias cuadras tratando de seguirlo lo más rápido que podía, al emplumado aquel. La masa de gente no le permitía caminar más rápido. Aun así, él se movía abriéndose paso entre toda esa muchedumbre que caminaba apurada. Se bajo de la banqueta para tratar de avanzar más rápido, pero los carros corrían uno de tras de otro dejando poco espacio para cruzar iban uno de tras de otro.

Avelino miró que la luz del semáforo se puso rojo y todos los carros se pararon. Avelino supo que solo tenía quince segundos antes de que todos se pusieran en movimiento e impidieran el paso nuevamente. Entonces Avelino se introdujo entre esos espacios y comenzó a correr le tomó un instante ubicar a su emplumado ser. El pajarito que miró la acción de Avelino se posó en el poste donde colgaba un señalero de peatones como para esperarlo. Después de varios carros recorridos y con los segundos por acabarse dio un salto gigante. Nunca se imaginó que pudiera brincar tan alto de echo ni siquiera sabía que podía brincar, hubiera querido recordar cuando fue la última vez que utilizara sus piernas para brincar. Pero no quiso perder el tiempo en eso por ahora solo quería alcanzar y ver que era lo que aquel pájaro quería, y sele hacia muy interesante. Avelino pudo caminar más fácilmente por unas cuadras. En eso miró un par de muchachas que bailaban muy raro y se quedó embobado por un tiempo suficiente para que aquel pájaro tuviera que regresar y casi jalarlo de la camiseta. Él no sabía, pero el pájaro tenía solo un límite de tiempo. Así que el pajarito le tuvo que dar un pinchazo con su pico en la cabeza ten fuerte que Avelino dio un quejido de dolor y se sobo la cabeza. Miró a su agresor y tiro varios manotazos, pero el emplumado lo miró e hizo que Armado lo siguiera de nuevo.

Así continuaron su camino los dos; Avelino miró como el pajarito aquel dio vuelta en una esquina. Avelino ya estaba cansado y agitado casi sin aliento, pero llegó y puso una de sus manos en muro de ladrillos y se sentó. Para descansar un poco y jalar más aire. Miró como el emplumado aquel volaba a toda velocidad y se empezó a elevar casi se le perdía de vista. Avelino tomó un fuerte suspiro y dando un empujón a su fatigado y voluminoso cuerpo comenzó se levantó y comenzó a correr lo más rápido que podían sus piernas. Dando un último jalón de aire siguió corriendo varias cuadras pues solo así podía seguir divisando aquel punto verde volando enfrente de él. Después de cruzar un callejón de lado a lado pudo ver un edificio muy grande enfrente del. Pero aún le faltaba cruzar una avenida de cuatro carriles de ida y otros cuatro de venida por un lado había que correr a la esquina y esperar que el semáforo le diera el paso y pasar o ir al otro lado conde estaba el puente que atravesaba toda la carretera. Con el cansancio hubiera querido caminar a la luz y esperar, pero sin embargo tomó las escaleras y cubio. Corrió hasta el otro lado hasta terminar enfrente de la puerta del edificio. Que por ir tan enfocado en la escalera no se dio cuenta cuando todo aquel panorama cambio y se convirtió en un desierto. Entonces lo que estaba enfrente del ya no era un edificio si no una pirámide tan alta que sus ojos no le permitían ver el final de aquel monumento. Se quedo sorprendido mirando por un buen rato.

En eso un silbido como una melodía empezó a sonar en su oído, era tan dulce aquello que volteó su mirada y en el hombro estaba aquel pajarito al que pudo verle los ojos negros pero llenos de amor. A lo que Avelino se quedó sin palabras perdido en esa mirada en eso sintió una conexión tan fuerte con aquel emplumado animal que supo que aun que quisiera no podría abandonarlo en su misión. De esa manera no tuvo que decir palabra alguna. El pajarito emprendió el vuelo y subió alto y más alto, dio varias vueltas como para impulsase más y más. Avelino desde abajo tapándose con la palma de su mano el sol que encandilaba apenas si pudo ver como el pájaro se metía por uno de los huecos que solo él sabía dónde estaba entonces entendió que había que entrar en aquel recinto. Acto seguido con sus manos comenzó a empujar piedra por piedra para ver si encontraba alguna abertura que le permitiera entrar. Llegó a una de las esquinas de aquella enorme pirámide y notó como el calor y los rayos del sol se ponían intensos tanto que le comenzaban a quemar la piel. Entonces se apuró a buscar la entrada. Un silbido ya conocido por Avelino sonó de entre las piedras, entonces paro oreja y comenzó a seguirlo. Solo se dejó guiar por él y sin mirar si quiera por donde caminaba logro mover con una de sus manos un pedazo de piedra que estaba acomodado de tal manera que nadie lo pudiera encontrar.

Avelino empujo aquella piedra hasta sumirla totalmente y callera del otro lado. En eso, otro par de piedras más grandes cayeron directamente donde él estaba haciendo que pegara un brinco hacia atrás lo más fuerte que pudo, para no ser aplastado. Lo malo que en el brinco ese uno de sus tobillos se torció provocando un dolor intenso, del cual se quejó gruñendo y apretando los dientes mientras con sus dos manos se sobaba el medial maléolo y la tibia. Mas sabía que no podía perder más tiempo y con toda la actitud se levantó. Dando unos saltitos empezó avanzar hasta llegar al otro lado de la pirámide después de mucho esfuerzo atravesó un pasillo medio oscuro puso un pie dentro de un gran salón y miró como toda aquella tierra y piedras se convertía en una alfombra y todo se convertía en un casino de gente millonaria o por lo menos eso aparentaban; pues, todos vestían de esmoquin y las mujeres portaban tacones de aguja con pieles peludas alrededor de su cuello. Avelino se quedó maravillado de toda aquella elegancia que por un momento se olvidó de todo lo que había pasado para esta allí. Si no hubiera sido por aquel pájaro enfadoso que por cierto ya lo tenía cansado él se hubiera quedado allí comiendo ese rico pedazo de carne que estaban regalando los meseros a todas las personas del lugar.

Levanto la mirada como queriendo agradecer a Dios por llevarlo hasta ese lugar y por poder comer esos manjares.

El estando allí anonadado mirando todas las cosas buenas, El pájaro permanecía volando por encima como esperado a que Avelino se pusiera en marcha, pero este no se movía no daba ni un paso. Solo movía la cabeza de un lado a otro. Desde lo más alto del lugar esperándolo el pájaro se impaciento tanto y comenzó a silbar tan fuerte y se lanzó de picada directamente hasta la cabeza de Avelino pegando con su pico directamente en la mollera de Avelino provocando un fuerte dolor en el cráneo. A lo que Avelino dando un gruñido y sobándose la cabeza miró al pajarraco y siguió caminando con el dolor de tobillo y rascándose la cabeza. Camino hasta llegar a un elevador muy extraño porque las paredes eran de madera y la puerta solo era un fierro que cruzaba de lado a lado. Entonces, se metió y apachurro uno de los botones que lo llevarían hacia arriba donde estaba el emplumado aquel. Entonces una luz roja se encendió y unos números aparecieron por encima del marco y miró claramente como los números subían del uno hasta llegar al cien tan rápido que cuando llegó sintió que las tripas se le habían quedado en el piso veinte.

Cuando llegó al piso cien bien agarrado de las paredes miró el fierro aquel que servía de puerta, se acercó y lo levantó. Confundido y mirando el lugar donde había llegado entró dando saltitos. Por un momento se sintió perdido, en eso escucho un estruendo y volteó hacia tras y solo miró como la luz del elevador se iba hacia abajo. Entonces Avelino se agarró de una esquina del muro del edificio y asomo su cabeza para ver si alcanzaba a ver algo, pero solo una diminuta lucecita roja se alcanzaba a ver a lo lejos. De pronto el pájaro entre lo obscuro del pozo aquel el enfadoso, pero ahora amigo pájaro entró volando y espantando a Avelino, quien se puso muy contento al verlo. Sin duda alguna algo entró ellos se había cocinado. El pajarito dio unas vueltas a su alrededor y se posos en su hombro y silbo una melodía dulce y alegre a la vez.

Avelino no sabía ni donde estaba aún, y se sentía mareado. Mas, sin embargo, empezó a caminar agarrándose con una mano la cabeza y con la otra la pierna.

De pronto empujo una puerta de metal frio y pesado, al mirar del otro lado no podía dar tregua a lo que estaba mirando. No lo podía creer, se llevó las manos al rostro y las miró era como haber entrado a un nuevo universo donde todo era de una forma caricaturesca. De pronto la puerta aquella desapareció y todo cobro luz y color. Ya no tenía dolor ni cansancio, de pronto todo se convirtió como en seres animados.

Aquel panorama era como si estuviera en una caricatura miró varios personajes que corrían de un lado a otro a lo que pudo identificar a varios personajes que significaron mucho en su infancia. En eso volvió a ver sus manos no lo podía creer el color brillante que tenía aquel lugar.

Aquella ave lo había guiado a ese mundo tan maravilloso aquel donde él siempre quiso estar. Entonces, quiso llorar de la emoción que sentía, pero no pudo. Solo soltó un suspiro y sacudió su cabeza. Miró al ave aquel que emprendió el vuelo y se alejó volando hasta atravesar una lomita que estaba enfrente de ellos. Entonces, Avelino corrió saltando y feliz tras de él, al llegar a la sima miró un bulto negro al cual se acercó y miró curiosamente. Miró una tapadera muy curiosa y la levanto cuidadosamente para no dañar la madera ya que claramente se miraba que era de madera fina. Pero la tapa era pesada tanto que tuvo que usar las dos manos, para poder ver lo que estaba debajo.

En eso unas teclas blancas y negras aparecieron, las pudo ver completamente hasta que recargo la tapadera en aquel mueble. Miró un banquillo debajo de aquel enorme piano y lo jalo con su mano hasta ponerse enfrente de él, acto seguido se sentó como si deveras fuera un gran musico, la verdad era que Avelino no sabía ni una papa de cómo tocar un piano, pero con mucha seguridad postro sus dedos en las teclas del piano y comenzó a tocar una melodía que ni el conocía, pero el solo se dejó guiar por lo que le dictaba su corazón.

Aquella ave se postro en la tapadera del piano y con sus garras empezó a caminar hasta la orilla y comenzó un baile dando saltitos y pasitos de un lado a otro expresando su felicidad. De pronto la melodía del piano se mezcló con las notas musicales del piano y todo se armonizo de tal manera que el ave empezó a girar y el buche sele lleno de aire y tomó aire más y más aire. El buche se le hincho tanto que daba la impresión que le iba a explotar, pero aquello crecía y crecía cada vez más y más. Era algo impresionante ver aquella escena, en eso un silbido comenzó a salir del pico era algo fuera de este mundo porque de aquel buche salía una melodía maravillosa llena de paz y amor algo nunca antes escuchada en este mundo. El piano sonaba de una manera mágica y armonizada. Que se mezclaba con la melodía que silbaba el pajarito eso produjo un efecto de magia y color. Dando al lugar donde los dos estaban una impresión de estar en el edén.

En eso empezaron a salir líneas negras con notas musicales una tras otra tal cual si fueran raíces, que brotaban de la tierra misma. Envolviendo al ave aquel, haciéndolo girar en su propio eje a una velocidad inimaginable. En eso aquello se convirtió en un remolino. Avelino no podía dejar de tocar las teclas, sus dedos se movían como por inercia.

Desde el fondo del torbellino aquel, salió una luz incandescente, brillante, que empezó a lastimar los ojos de Avelino. El cuerpecito del pajarito aquel siguió cantando, pero esta vez Avelino comenzó a entender todo lo que decía aquella ave. No sabía cómo, pero él pajarito hablaba palabras cristianas. Eso lo sorprendió tanto que quiso soltar el piano, pero no pudo los dedos se seguían moviendo entonces escucho claramente la voz del tío Adán que decía no temas no tengas miedo escucha.

Entonces Avelino tomó una respiración profunda y se dio el permiso de escuchar el mensaje que le traía aquella ave. El pájaro podía pronunciar palabras cristianas Avelino dejo de pensar cómo era posible aquello y solo se dedicó a escuchar. Lo único real era que podía entender cada una de las cosas que aquella ave pronunciaba y por instinto supo en su corazón la necesidad del ave. Envueltos en aquella luz y música los dos se elevaron y se mezclaron hasta convertirse en uno.

El Chico Infinito
El Mensaje

De un de repente todo el panorama se puso negro y frio. Entonces abrió los ojos y todo volvió a ser normal. Se llevo las manos al rostro y tocándose la cara, se dio cuenta que todo había sido un sueño. Solo eso y nada más.

Volvió a ser el mismo de siempre Avelino. Otra vez de carne y huesos el Avelino normal y corriente. De pronto un sonido salió del celular que estaba a un lado y supo que era su alarma entonces estiro el brazo para acallarla de una vez. Para que no lo perturbara de nuevo, porque quería seguir imaginándose en aquel sueño tan impresionante, tan maravilloso. Porque, aunque solo fue un sueño, para Avelino fue algo más esa ave le había traído un mensaje. Medito que más que un sueño era una revelación, y se quedó así pensando tirado en su cama recapitulando las escenas, reflexionando cada paso.

¿Que abrían querido revelarme los dioses se preguntaba, que me habrán querido decir? Se pregunto una y otra vez, hasta que se cansó de esperar la respuesta. Así paso el resto del día con eso en su cabeza, buscando respuestas o algo que le ayudara a responder o descifrar toda aquella aventura.

Pasaron un par de días de aquel sueño cuando una mañana tomando su café leyendo una nota en el diario local recordó un par de pacientes a los que atendió en aquel trabajo de labor social que realizo en una clínica como voluntario decían que la música los ayudaba a reaccionar ya que las vibraciones de cierta música crean en el cerebro patrones mentales y conexiones que pueden ser terapéuticos y muchos han logrado por medio de la música encontrar una razón buena de seguir luchando por su salud y en casos más extremos los ha sacado de la depresión.

En esos acertijos donde solo ellos pueden ver por sí mismos eso fue lo que hizo que Avelino rectificara y pensara que quizás el mensaje era la música. Recordó entonces que en el área de juegos de la clínica había un piano en eso le cayó el veinte y se levantó formando un plan para su amigo con el que no había podido mantener una conversación en todas las veces que había estado en la clínica. Así mismo se repetía no pierdo nada con intentarlo. Se quito el pijama y tomó un par de pantalones, se los puso y se arregló la camisa lo más pronto que pudo salió despavorido con una nueva idea. Se marchó directamente a la clínica, llevaba toda la fe puesta en el piano, mientras se convencía a si mismo de que funcionaria porque era el mensaje de aquel pajarito en su sueño.

Se estaciona un taxi en frente de la puerta de cristal y se abre la puerta del pasajero, se baja un hombre con gabardina y con una boina de esas que usan los jugadores de golf. Se mira cómo se saca la cartera y pasa unos billetes al conductor del taxi y se da la vuelta. Comienza a caminar hacia la puerta, al abrirla se da cuenta que la doctora lo miraba con sus ojos cafés claros y con una mirada atrevida tanto que podía ver el deseo carnal en su mirada. A lo que Avelino se sintió desnudo por un instante ante ella y se apeno. Trató con mucho esfuerzo mantener la mirada, pero aquel tic nervioso lo delataba. Él sabía que si perdía el control de aquella situación no podría dejar de tocarse la ceja una y otra vez.

Como ya le había pasado antes pues ya conocía. Mas esta vez no lo iba a permitir y apretó el puno fuertemente dentro de la bolsa de la gabardina. Conforme se acercaba la ceja se empezó a mover más rápido tanto que empezó a jalar el parpado dejando ver la bola del ojo cade vez más y más hasta que ya no pudo controlarlo y la ceja se quedó arriba. Al ver esta acción la doctora Alicia soltó una risa picara y burlesca y se perdía a ver a la enfermera que estaba sentada en el mostrador de entrada y no aguantaron la risa las dos hicieron unos gestos burlones.

Avelino saludo apeado y con voz delgadita buenos días. A lo que las mujeres no soportaron más y soltaron la risa sin piedad Avelino hubiera querido salir corriendo, pero sus piernas no hacían caso era como si alguien las hubiera clavado a aquel piso. Las piernas le temblaban y el sudor era más que evidente en sus manos; si no hubiera sido porque Alicia lo tomó del hombro para girarlo a si izquierda. ¿Hola, gustas un vaso con agua? Si, apenas si pudo contestar el pobre de Avelino. Ya más tranquilo y dando varios tragos al agua escucho como Alicia le daba los buenos días. Qué bueno que vino añadió Alicia. Gracias vengo a ver como sigue Artemio. Él está bien, y poda pasar a verlo en cuanto se abra la hora de visita. Muchas gracias doctora, ha mirado usted alguna mejoría con él. Alicia con tono pesimista solo movió la cabeza con la señal de no y añadió las palabras de lo siento mucho. Entiendo, sabe sé que va a sonar descabellado esto que voy a decir, pero anoche tuve un sueño que creo que fue una revelación y me gustaría intentarlo. De que se trata contestó ella. Bueno solo necesitare usar el piano que tienen en el área de juegos. Claro que puede usar lo que guste siempre y cuando sea para el bienestar de los pacientes. Gracias, y esperó que si sirva de algo esta teoría de la música. Interesante, y a que teoría se refiere usted. Bueno dicen los que saben que la vibración de ciertas notas musicales resuena en el cerebro creando conexiones del hemisferio izquierdo con el hemisferio derecho creando así que los dos hemisferios trabajen en conjunto ayudando al paciente en acomodar las ideas más rápido y además ayuda a manejar las emisiones creando relajación y hasta puede hacerlo recordar momentos de felicidad y confianza. Ya que la música hace que los niveles de dopamina se eleven si logro aumentar ese estado en mi Amigo creo que podría platicar con él y así poder saber cómo ayudarlo. Muy bien puedes hacerlo, solo dame diez minutos para que se dé la hora de la visita y claro que puedes usar el piano. Mientras puedes pasar a la cafetería y tomar algún bocadillo si gustas. Alicia lo miraba sorprendida y contenta al mismo tiempo ya que el hombre no solo era guapo, sino que además era inteligente, eso la enamoraba aún más. Sin darse cuenta Alicia miraba Avelino fijamente y daba ese mordisco en el labio superior inconsciente. Avelino miraba esos gestos y la ceja se levantaba haciendo que el parpado se quedara arriba y Alicia se moría de risa.

Alicia no hacía más que mirar a Avelino a los ojos y se encaminaron hacia el área de juego de los internados Avelino solo siguió normal platicando su teoría de la música y Alicia lo miraba encantada de como explicaba emocionado y con mucha fe de que eso podía ayudar en especial a Artemio. Así se fueron yendo con el ritmo de las palabras en la conversación y el ruido de los tacones de sus botas vaqueras sobre los azulejos del pasillo justamente después de atravesar varias puertas llegaron a una cafetería donde había a unos enfermeros y otros doctores tomando su almuerzo y otros solo conversando a los cuales Alicia saludo como de costumbre. Avelino no que algunas personas murmuraban muy sarcásticamente ya que Alicia era una mujer bella y atractiva y decían como podía fijarse en ese hombre feo y gordo. Pero ha Avelino no le importo tales comentarios al fin y al cavo ella estaba con él y ellos que se murieran de la envidia no le importaba.

Tomaron cada quien un café y se dirigieron a una mesa basia, se sentaron uno enfrente del otro. ¿En eso Alicia comento eres muy inteligente a que te dedicas? Por ahora estoy en la universidad sacando mi doctorado en psicología. Enserio, que bien me da mucho gusto, pero apoco te gusta esta ciencia de locos y soltó una risa burlesca. Si contestó el, es algo que siempre me ha gustado desde niño añadió. Donde estas estudiando por ahora estoy en la universidad de Monterey california, En los estados unidos. Si no es mucha discreción porque estás aquí si estamos en pleno verano que no deberías de estar estudiando. Tienes razón lo que pasa que vine arreglar unos asuntos de mi abuela que acaba de fallecer y creo que perderé este semestre, pero no importa yo me emparejó para el próximo. En eso un ruido melódico un poco escandaloso interrumpió la plática y Alicia levanto su brazo izquierdo y miró su reloj y apachurro un botón para darle fin a tremendo escándalo. Disculpa es mi alarma que me indica que la hora de visitas empezó si gustas te miró en un rato en el área de juegos y se levantó rápidamente. Nos vemos allá me encanto platicar contigo. A mí también, contestó Avelino me gustaría tener más platicas como esta. Claro con gusto otro día nos tomamos otro café, pero me tengo que ir nos vemos al rato.

Avelino se dirigió al área de juegos, uno de los enfermeros le abrió la puerta, la cual atravesó ya dentro del área de juegos escaneo el lugar buscando a su amigo y pudo ver que efectivamente Artemio no estaba allí. Entonces quiso preguntar a los enfermeros, pero alcanzo a ver por la ventana que daba al jardín, que un par de enfermeras y la doctora Alicia entraban al jardín y hablan con una persona la cual se levantó, Avelino pudo ver que era su amigo y miró que lo encaminaban para dentro.

En eso Alicia entró al área de juegos y miró Avelino y dijo esperó que tu teoría funcione y dio la orden de que lo trajeran hacia dentro. Avelino se fue a sentar enfrente del piano y jalo una silla para que sentaran a Artemio junto a él, pero en eso miró como los enfermeros traían a su amigo con los brazos encogidos y las manos atadas a unos guates solo le faltaba que lo tuvieran amarrado con una camisa de fuerza para que la escena fuera más impactante. Al mirar Avelino esto se puso muy triste y casi se le salen las lágrimas. No más de ver a su amigo en ese estado, no dejo fluir su emoción ni dejar salir las lágrimas que se le atoraron en la garganta impidiéndole hablar entonces Avelino se lágrimas al piano y poniendo sus dedos y dejando que los dedos fluyeran con la emoción empezó a tocar. Artemio al escuchar la música empezó a mover la cabeza y camino hasta estar cerca de Avelino se sentó cerca de el en una silla que Avelino acomodo previamente y Avelino tomó la mano izquierda de Artemio y la puso sobre el piano y Artemio comenzó a tocar a lo que la doctora anonadada pues no sabía que Artemio pudiera tocar el piano de esa manera Avelino lentamente fue dejado de tocar hasta que Artemio quedo solo en el piano y unas melodías nunca antes escuchadas empezaron a salir de aquel piano viejo Avelino lentamente se levantó del banquillo aquel, cediéndole el lugar a Artemio quien siguió tocando ahora con sus dos manos. Avelino quitándose completamente pudo mirar a Artemio tocando como los maestros, Allí fue cuando ocurrió la magia Alicia y Avelino se quedaron atónitos e inmóviles mirando como Artemio tocaba y en eso comenzó a cantar diciendo palabras y llorado. Las notas se comenzaron a cambiar de melancólicas a tristes y luego de coraje empezó a llorar toda su amargura era como si cada gota que salía de sus ojos desprendiera un pedazo de todo ese dolor que carga dentro. Las notas musicales salían y minorizaban a todos los que las escuchaban era como si algo fuera de este mundo se apoderara del ambiente por un momento todo el ambiente se llenó de tristeza y ternura por el hombre aquel que tocaba el piano. En aquel lugar nadie se movía solo los dedos de Artemio que pareciera que se movían por vida propia. Por un instante pareció que hasta el tiempo se detuviera.

Pues para ellos solo habían pasado diez minutos. Al no ser por la alarma de Alicia que indicaba el término de la hora de visita ellos se hubieran quedado allí toda la eternidad. Alicia discretamente movió su mano derecha y apago su alarma sin decir una sola palabra. Pero esa alarma no solo desconecto a Alicia del momento aquel, sino que también la trajo de regreso a la realidad de sus responsabilidades.

Pero no dijo nada y se marchó lentamente dejando a todos, así como estaban observando a lo que Avelino se quedó observando a su amigo el que con la mirada al cielo cerro los ojos y paro de tocar y se encorvo y dejo de tocar repentina mente y lloro por mucho rato. Cuando Avelino se dio cuenta que ya había pasado todo aquello y que el maleficio se había roto, miró a su alrededor y ya no estaba Alicia solo los enfermeros que cuidaban la puerta y se acercó a Artemio y le hablo; Artemio, ¿amigo como estas?

Artemio levanto la cabeza al escuchar la voz y lo miró fijamente movió los ojos como tratando de reconocer ese rostro y con los labios temblando dijo Avelino como preguntándose a el mismo, era como si lo hubiera pensado en voz alta. Artemio amigo mío soy yo Avelino. En eso Artemio se incorporó rápidamente y reconoció a Avelino por primera vez en mucho tiempo. Avelino al mirar que su amigo lo reconoció no aguanto la felicidad que le dio y le dio un fuerte abrazo. En eso iba entrando Alicia que regresaba de hacer sus pendientes y entró exactamente cuando estaban los amigos abrazados y se quedó impactada. No pudo contener un par de lágrimas también, por fin algo había funcionado. La escena era muy conmovedora que Avelino se quedó con su amigo buen rato platicando y siguiendo las recomendaciones de Alicia su doctora Artemio se tenía que quedar en observación. Por un tiempo mientras la doctora lo pudiera dar de alta.

Habían pasado ya un par de visitas más y Artemio ya se sentía bien y quería ir se de ese lugar y trató de negociar su salida del hospital. Pero la doctora no lo daba de alta porque Artemio no había estado tomándose sus medicamentos alegando que él ya estaba bien así que se los empezaron administrar a la fuerza por varias ocasiones tuvo que permanecer amarrado por órdenes de su doctora.

Un día de visita como de costumbre llegó Avelino de visita y ver si esta ves podía llevarse a su amigo a casa pensando que ya todo estaba bien. Lo primero que hizo llegando, fue y se reportó como de costumbre. Pero esta vez todo fue diferente por alguna razón esta vez no lo dejaron ver a Artemio inventando que estaba en observación porque no había estado tomando su medicamento y se había puesto muy mal. Querían ver como reaccionaba al nuevo tratamiento. De tal manera que no era posible que lo vieran ese día.

Avelino no se le hizo tan alarmante, y decidido aprovechar ya que estaba en el lugar entonces pregunto a la secretaria. Disculpa Alicia la doctora que está a cargo de Artemio.

Si, la doctora Alicia. Claro solo que ella está ahora mismo atendiendo a otro paciente, pero se desocupa en una hora. Contestó la recepcionista.

Está bien podría decirle que me llame y le dio un papel donde estaba su número de teléfono escrito.

Claro yo le paso su recado en cuanto se desocupe.

Muy bien gracias, señorita, me retiro, pero regreso para la próxima visita gracias y se fue de regreso a su casa.
Solo habían pasado veinte cuatro horas de aquella visita a la clínica Avelino sabía que tenía que esperar otras veinticuatro horas para regresar a la clínica y ver a su amigo o a la doctora Alicia que ya se había convertido en un motivo más del por qué ir a ese lugar, odiado por muchos, pero amado por muchos otros. Mas, sin embargo, tenía que esperar unas horas más y decidido echarse una siesta. Estaba apenas quedándose dormido cuando sonó el teléfono y miró su pantalla el numero era desconocido.

Exclamo un numero desconocido pregunta retórica, Quien será.? Apretó el botón de contestar. Entonces dijo bueno con quien quiere hablar. Hola soy Alicia, la secretaria me dio tu número. Hola Alicia como estas soy Avelino. Si que paso en que te puedo ayudar. Bueno la verdad quería invitarte a cenar digo si no tienes ningún compromiso para esta noche. Claro que no, donde quería que nos veamos. Si quieres te mando la dirección de un restaurante que está cerca de mi casa. Claro mándamela por mensaje y nos vemos allá. Si qué te parece a las diez de la noche creo que esa hora es muy tarde mejor que te parece a las ocho. Me parece formidable. Entonces nos vemos a las ocho.

Avelino todo nervioso y con sus mejores ropas se encontraba sentado en aquel restaurante esperando a la mujer que de alguna manera le había robado el corazón desde la primera vez que la miró con aquella bata blanca y esos ojos color miel. Esta idealizándola cuando se acercó el mesero trayéndole un vaso con limonada que había ordenado para bajar los nervios. Gusta ordenar algún aperitivo señor. No aun no gracias esperare a mi invitada un par de minutos más. Así pasaron varios minutos el mesero había regresado dos veces más y estuvo a punto de ordenar ya su comida puesto que ya eran las ocho y cuarto y pensó que no vendría cuando miró que entró Alicia con un vestido negro despampanante unos tacones de charol brillo como sus ojos. En eso sintió como su ceja se estiro y trató de disimular. Alicia conociendo ese gesto se disculpó por la espera y paso a sentarse, ordenaron un corte de carne wayuu Kobe riba eje cada uno; ella tomó un vino rojo y él una cerveza de raíz el mesero se enfocó en la pareja para que no les faltara nada y al final se llevó una muy buena propina. Después de cenar la pareja se retiró ella había llegado en su carro Avelino como de costumbre había tomado un taxi a lo que Alicia le ofreció un aventón a su casa definitivamente el acepto más por el estar con ella que por el aventón.

Durante el camino solo cruzaron un par de palabras hasta que llegaron a la casa.

¿Estas es tu casa pregunto Alicia??

No era de mi abuela, pero ella ya murió.

Ha, entonces ahora es tuya insistió la doctora.

Bueno pues sí, de alguna manera tienes razón.

Entonces no me invitas a verla se ve muy bonita, antigua.

Claro estaciónate allí dijo Avelino mientras señalaba con su dedo una parte de la hacera. Después de estacionar el automóvil, Avelino saco la llave de la puerta e invito a su nueva a miga a pasar. Apenas estaba dejando las llaves en la mesa cuando Alicia se le abalanzo tomándolo del cuello y plantándole un beso tan fuerte que dejo a nuestro amigo sin palabras. De pronto Alicia llevo una de sus manos hasta donde pudo alcanzar y apretó fuerte mente ocasionando que Avelino pegara un grito, pero ella apretó más fuerte sus labios contra los de él para ahogar el sonido.

Avelino que nunca había experimentado algo semejante, solo se quedó inmóvil y muy excitado. De tal manera que solo se dejó llevar por Alicia que lo empezó a encaminar hasta caer en el sofá de la entrada. Avelino cayó sobre Alicia y le Agarró la pierna, noto que el vestido lo tenía en su cintura. Por qué solo pudo sentir un pedazo de tela tan diminuto y que quiso arrancarlo, pero ella lo detuvo y se levantó del sillón. Se paró enfrente de él, lo miró y le dio un beso mientras se quitaba el vestido quedando enfrente en él, en diminuta lencería. Avelino no daba cavidad a semejante monumento y babeaba como un perro en carnicería.

Después ella lo tomó de la mano y lo llevo hasta la recamara. Donde no existen palabras para describir lo que paso allí dentro. Solo puedo decir que dieron rienda suelta a sus más bajas pasiones.

Por la mañana Avelino despertó y hubiera querido abrazar a Alicia una vez más, pero ella ya no estaba allí. A lo que solo abrazo la almohada, entonces se levantó para ir al baño y darse una ducha.

Pero al abrir la puerta del baño miró que allí estaba Alicia arreglándose el maquillaje y la miró muy bonita entonces la quiso besar, pero ella dijo no. Me tengo que ir al trabajo. Nos vemos más tarde si quieres. ¡Ha! y por favor mantén esto entre nosotros, no quiero chismes.

Avelino eso lo desconcertó y no supo que responder. Está bien si así lo prefieres está bien por mí y se metió a la regadera sin decir más nada. Bueno entonces nos vemos pronto, te llamare a la hora de mi descanso, hasta luego. Avelino no se molestó a contestar las últimas palabras y solo se escuchó la puerta cerrarse de un golpe.

Después de la ducha no sabía si sentirse molesto o sentirse privilegiado; después de todo, Alicia era una mujer que no cual quiera podría presumir de haber estado con ella en la cama.

Al no poder sacarse esa idea del cabeza decidido dar un paseo por el pueblo. Durante su caminada volvió a pasar por aquella casa vieja de palos y ventanas viejas empañadas de mugre y agua, que le llamaban mucho la atención. Pensó esta vez voy a entrar ojalá este don adán allí, y si no voy a ver cómo le hago.

Llegó, y se acercó a la puerta. Tac... tac... era el sonido que producían los nudillos de Avelino al golpear la madera que era antes blanca.

Esperó unos minutos, pero nadie respondió, entonces golpeo nuevamente la puerta, pero esta vez de una manera más agresiva. Esperó unos minutos más, y al ver que nadie respondía al llamado. Entonces decidido mirar atreves de la ventana. Fue en entonces cuando miró que el grupo de muchachos pasaban otra vez y uno decía las mismas palabras de la vez anterior.

Pero esta vez, Avelino recordó todo e hizo conciencia, y noto como los muchachos repetían las mismas palabras una a una. Entonces se dijo entre sí. Estoy viviendo un dejavu. Miro como repetían las palabras en el mismo orden hasta los mismos gestos. Eso le pareció muy extraño, pero les siguió la corriente y sin alarmarse dijo está bien esperare a que regrese, y esperó a que se fueran. Disimulando que se iba se dio la vuelta, pero esta vez los ignoro y trató de abrir la puerta la cual estaba cerrada con un pasador por dentro. El cual miró por la ventanilla y miró que estaba fácil de abrir entonces se decidido y dio un empujón con su hombro tan fuerte que boto el pasador de lo viejo que estaba, y pudo entrar. Escudriño las alacenas una por una. Pero solo encontró frascos llenos de líquidos raros y algunos trastes viejos llenos de polvo, miró el refrigerador y puras cosas viejas había allí además de un repugnante olor que casi lo hacía vomitar, pero como aún no había almorzado no pudo devolver el estómago. Así que se le paso rápido al no mirar nada más que comida vieja y echada a perder, mejor lo cerro y paró de una con ese fétido olor. Curioseo un rato por la cocina hasta que llegó al final de la alacena y miró una puerta café la cual le dio un poco más de curiosidad y se acercó con nervios. Abrió para entrar allí porque, qué tal si llegaba alguien y lo encontraba allí.

Era más la curiosidad que sentía que decidido entrar asegurándose por la ventana de que nadie viniera. Luego tomó la perilla y la jiro lentamente para no dañarla y empujo lentamente hasta que pudo ver del otro lado de la puerta unas cortinas rojizas que apenas si dejaban pasar la luz del día. Poco a poco fue abriendo más la puerta hasta que pudo entrar y mirar bien la recamara. Miro una cama, delado una cómoda y barias otras cosas. Que supuso eran muebles muy antiguos más en realidad no supo ni que eran, porque parecían como unas máquinas grandes. Mas sin embargo si le pareció muy extraño que estuvieran esas cosas allí. Esa vez no se animó a husmear mucho el cuarto de manera que por esta vez ya era suficiente. En todo momento sintió que estaba invadiendo un espacio privado y mejor se salió y cerró la puerta. Se regreso a la cocina y se dedicó a poner todo como estaba antes de que el llegara alguien. Salió de la casa y miró que el pueblo estaba cayado todo estaba alrededor además que no miró gente en las calles. Mirando a todas direcciones emprendió el camino de regreso a casa. Durante el trayecto a casa pensaba que eran esas cosas que parecían muebles o máquinas. Se preguntaba una y otra vez. Todo aquello le parecía muy extraño, no entendía porque todo era tan misterioso en esa casa.

Entonces miró el reloj y miró que faltaba una hora para la hora de visita de Artemio. Además, se moría de aganas de ver a Alicia. Ya no sabía que era más importante a estas alturas de la relación pues todo era confuso.

Seguía caminando aprisa, y se acercó a una la calle y miro un taxi y levanto la mano para que se detuviera. El taxi lo miro y lo espero unos pasos delante de Avelino el cual abordo el taxi con la esperanza de que lo llevara a la clínica y así poder ver ya se a su amigo o a la Bella Dr. Si lograba mirar a los dos que mejor.

Entonces llegó a la clínica con toda la actitud y con muchas cosas que aclarar con la doctora.

Buenas tardes vengo a ver al paciente Artemio O. la secretaria lo busco en la lista y no estaba no ese paciente no está aquí, como que no está si tengo más de un mes viniéndolo a visitar si lo entiendo, pero no sé porque él no está en la lista de pacientes quizás lo han de haber trasladado a otro lugar, la ver no se. Como que no está respondió Avelino quiero ver a la doctora Alicia en este momento disculpe, pero ella hasta atendiendo a otro paciente si quiere puede dejarle un mensaje y ella se comunicara con usted en cuanto pueda. Bueno pues dígale que esperó su llamada ella tiene mi número y de Artemio quiero saber dónde está. Entonces Avelino salió molesto de aquel lugar y regreso a casa a esperar la llamada de Alicia, la cual nunca llegó; se llegó la noche, y nunca recibió ninguna sola llamada. Esperando se acercó la hora de dormir entonces paso a la cocina y ceno como de costumbre y se tomó un té de manzanilla para calmar los nervios y relajarse después se fue a dar un baño con agua caliente. Tomó uno de sus libros que por una u otra cosa no había podido terminar de leer y leyó un rato.

He, Avelino psi, ¡pips! Avelino. Eres tú Artemio que haces aquí ven mira sígueme en eso Avelino lo siguió y aquel paisaje negro oscuro y medio tenebroso se tornó brilloso y hermoso varias flores aparecieron de varios colores en eso Avelino se dio cuante que estaba en un sueño pero por alguna razón esta vez no tenía miedo puesto que ya otras ocasiones cuando se daba cuenta que estaba en un sueño él se asustaba tanto que el palpitar de su corazón lo hacía despertar aunque algunas veces no era tan fácil más siempre empezaba a mover un dedo después otro hasta que podía mover toda la mano. Así hasta que lograba abrir los ojos a esta realidad. Daba gracias a Dios, pero esta vez era diferente el sentía paz además estaba con amigo, entonces solo se dejó llevar. Aprovecho que estaba Artemio y aprovecho para preguntarle.

¿Qué fue lo que paso? Para esto Artemio estaba de espalda mirando el horizonte inmóvil escucha mañana ven a la clínica y ayúdame a escapar a las montañas. A las montañas porque que hay allá. En las montañas nos esperan. Quienes nos esperan contestó Avelino. Ellos los hermanos de las estrellas. Tenemos poco tiempo Avelino has lo que te digo. En la casa de mi tío Adán miraste esas cosas como maquinas verdad. Avelino se quedó sorprendido de como sabia Artemio todo eso. Pero no quiso interrumpir. Tráetelas, las vamos a necesitar.

Para Avelino nada de eso tenía sentido. Pero, como, para que, no entiendo nada. Artemio, seriamente le contestó solo has lo que te digo. En eso una luz empezó a acercarse cada vez más y más, y fue encandilando los ojos de Avelino hasta que ya no pudo ver más de aquel personaje.

Abrió los ojos y se hizo consiente de esta realidad. Avelino voltio hacia la izquierda y luego hacia la derecha, para reconocer aquel lugar en donde estaba. De pronto un sonido agudo lo hizo volver la cabeza rápidamente y miró el reloj. Oh no ya son las siete antes meridiana. Y pensó, que sueño tan interesante e intenso y se tiró a la cama. Sintiendo como el corazón palpitaba que parecía que se le iba a salir del pecho.

Llegándose la hora se arregló, tomó su boina y salió de casa muy pensativo; como si buscara una respuesta en su mente. Tomó un taxi que lo llevaría directamente a la clínica.

Buenos días Avelino, dijo la muchacha del mostrador.

Hola buenas tardes, contestó él.

Viene a ver a Artemio o la doctora Alicia, dijo la señorita con una sonrisa pícara y una pisca de sarcasmo.

Pero ha Avelino no le hizo nada de gracia ese comentario y no contesto nada. Ella pudo ver que no le había hecho mucha gracia y se volteó a la computadora disimulando su falta.

Claro, vengo a ver a Artemio y por qué no a la doctora también de paso, dijo Avelino.

Claro, contestó, ahorita le doy la autorización y le aviso a la doctora.

Gracias, contento al mismo tiempo que le guiñó el ojo y se metía las manos a las bolsas del pantalón. quedándose allí parado mirando hacia la puerta que llega el pasillo del otro lado espero.

Se percató que un par de enfermeras venían con un paciente y le pedían que se moviera. Para no estorbar mejor se fue a sentar en una de las sillas basias que había en la sala de espera. Allí miró una que otra persona que venía de visita igual que él.

Señor... Señor... Señor... ¡Avelino! Oh, disculpe estaba distraído, contestó Avelino a aquella voz insistente que llamaba su atención. Volteó la cabeza para mirarla de frente a la persona que le hablaba. En eso miró a una mujer en bata blanca que se dirigió a él, y notó rápidamente que no la conocía... y se extrañó. Hola me mando la Dr. Alicia que le lleve a donde esta ella. Claro, por donde hay que ir. Sígame, por favor. A lo que Avelino le siguió la palabra con un movimiento de mano indicándole que pasara ella primero. A lo que la señorita "muy hermosa por cierto" camino de frente con la bata que la acreditaba como practicante de medicina y su movimiento de caderas.

El pelo color rojizo y los tacones cafés. Las pantorrillas hacían notar que quizás tan solo pesaba algunos sesenta o setenta kilos cuando mucho. A lo que Avelino tan solo el movimiento de lado a lado de su bata lo hizo imaginarse cosas que no podía pensar en otra cosa más que desvestirla como un salvaje. La imaginación le estaba jugando una mala pasada.

Ya que no se dio cuenta de que Alicia, quien discretamente lo estuvo observando. Pareciera como si la doctora lo estaba poniendo a prueba y el muy iluso acababa de reprobar.

Nadie le dijo nada, solo él se percató que tenía a las dos personas frente a él y se avergonzó agachando la mirada tratando de esconderse, pero él supo que era demasiado tarde y no dijo ni una palabra.

Buenas tardes Avelino esperó se encuentre bien esta mañana dijo Alicia con una voz muy sarcástica. Era como si hubiera calculado cada paso cada palabra. Porque de allí en adelante todo entre ellos se había roto. Avelino lo supo pues no era la primera vez que se dejaba llevar por unas caderas tan pronunciadas como las de esa enfermera desconocida y misteriosa.

Gracias dijo Alicia a su asistente. Fue un placer contesto la asistente muy formal, y se dio la vuelta marchándose por el pasillo.

Me imagino que quieres ver Artemio dijo Dirigiéndose a Avelino. Si quiero ver como sigue y también quería saber cómo estabas tu.

Bueno, Artemio esta mejor creo que ya se puede hablar con él. Si sigue respondiendo como ahora a los tratamientos. Quizás pronto lo demos de alta y se podrá ir a su casa. Yo pues estoy bien, normal. Avelino hubiera querido tener más palabras de respuesta sobre ella, pero se notó que Alicia le había perdido el interés en él.

Allí está su amigo, puede pasar. Recuerde tiene una hora. Después. Tiene que entregar el gafete en la entrada por favor y se dio la vuelta. Sin decir ninguna palabra más se marchó. Avelino sintió ese sentimiento de querer retenerla, pero no pudo responder y solo dijo nos vemos más tarde. Parecía que ella lo escucho porque dio una mirada de reojo antes de irse, pero al no ver reacción solo siguió su camino.

Artemio yacía en el jardín en una de las bancas que apuntaban a un rosal que tenían sus flores moradas. Artemio observaba detalladamente. Avelino se acercó saludándolo tranquilamente. Buenos días amigo. ¿Como estas?

Avelino sácame de aquí, ayúdame.

Si, ya pronto vas a salir.

Tengo que salir de aquí lo más pronto posible, en dos días van a pasar por mí.

¿Quién va a venir por ti?

Ellos, los del espacio. Tenemos que ir a la montaña.

Avelino lo miró y no supo que contestarle.

Artemio lo miró fijamente y le pregunto, trajiste los aparatos que te dije. En eso Avelino se llenó de adrenalina y quiso salir corriendo. Por poco se hace en los pantalones al escuchar esas palabras. Artemio siguió hablando, mañana tienes que tráelos porque en dos días vamos a regresarlos a los hermanos de las estrellas.

El Mundo en un Hongo
La Escapada

Tenemos que entregarlos artefactos, pero antes tienes que sacarme de aquí. si no nos va ir muy mal Avelino se quedó sin palabras más por alguna razón sabía que Artemio decía la verdad no sabía cómo era que sentía eso, aunque su razón le decía que no era posible eso porque Artemio estaba loco que si él le hacía caso significaba que él también estaba loco teniendo a Artemio enfrente tratando de convencerlo de lo descabellado que era sacarlo de allí y más aún ayudarlo a escapar. Mas aun ya pronto lo darían de alta y no necesitaba salir huyendo, solo había que esperar a que la doctora lo firmara la hoja y lo dejarían salir sin ningún problema. Ese día Avelino salió más confundido y convencido de que Artemio estaba loco.

Camino a casa miró unos files de fresas como los que hay en california y pidió al taxista parar un rato necesitaba pensar. El taxista se detuvo y le dio solo diez minutos. Avelino se bajó de carro y se puso la mano en la cabeza para tratar de acomodar las ideas y miró el sembradío como apenas iba la planta creciendo algunas personas a lo lejos se miraban trabajando. En ese momento recordó que de niños en la sima de la montaña luces muy extrañas y ciertos días se miraban pasar cosas que parecían aviones, pero redondos que bajaban en medio de la montaña y la gente decía que los extraterrestres venían a ese lugar y muchos juraban que los habían visto. Pero eran unos niños en ese entonces no sabían nada de esas cosas. Pero Avelino tratando de calmar su mente en eso recordó los artefactos en el cuarto del tío Adán. Se dio la vuelta y abrió la puerta del carro vámonos. Adonde lo llevo señor. Yo le voy diciendo vámonos lo más rápido que pueda. Llegaron a la casa aquella donde miró a don Adán por primera vez, se bajó de prisa y caminando sigiloso se acercó a la puerta. Trató de abrirla, pero estaba atrancada. Tuvo que empujar con fuerza para tratar de abrirla en eso escucho como el motor del auto se alejaba y se cercioro de que nadie lo mirara entonces empujo la puerta con todas sus fuerzas y solo a si pudo abrirla.

Quiso asegurarse que no estaba soñando de que eran puras ideas locas de su mente como ya algunas veces había pasado. Esta vez fue más fácil entrar a la casa pues ya conocía el camino. Esta vez ya no se detuvo a curiosear. Se fue directo al cuarto y efectivamente allí estaban. Se quedo atónito una vez que comprobó que esos artefactos estaban en el lugar mismo que los había mirado por primera vez. por un momento dudo en lo que tenía enfrente de él. Entonces se acercó y las dos cosas esas estaban allí. Además de que eran muy similares una de la otra era como unas esferas redondas, brillosas. Entonces estiro el brazo hasta alcanzar tocarlas primero toco con las llenas de sus dedos y pudo sentir el frio del metal. Ya con más confianza pudo deslizar con la palma de su mano quitando a si el polvo que cubría la superficie de aquel artefacto siguió deslizando su mano hasta llegar a unas aberturas las cuales le daban la vuelta a la esfera después miró que del otro lado había otra lo cual pudo discernir que quizás era una entrada entonces siguió buscando algún interruptor o al que pudiera hacer que se abriera. Con más excitación siguió buscando hasta que pudo ver una placa de unos diez centímetros cuadrados entonces sacó su celular y encendió la función de lampara y aluzo la placa. Entonces pudo ver varias líneas y puntos los cuales se imaginó que eran la descripción de la maquina mas no supo descifrarlo entonces desilusionado siguió inspeccionando y buscando algo que le ayudara a ver cómo funcionaba esa cosa. De pronto en una parte de la esfera casi al fondo pudo sentir con sus dedos unas finas raspaduras entonces dirigió la luz para ver si eso era algo que pudiera ayudar, entonces limpio con su mano el polvo y soplo con su boca y tallo con sus dedos todo el polvo fue en toncas cuando pudo mirar que eran como letras, Era como si alguien con una navaja hubiera escrito algún mensaje. Siguió limpiando hasta descubrir por completo aquellos garabatos. Tardo unos minutos para poder distinguir aquello que más que letras parecían números. Se imagino que era una fecha, pero no coincidía con ninguna que el supiera entonces la ignoro y siguió buscando algún interruptor o algo que le dijera que era esa cosa.

Ya desesperado decidió llevar esa cosa a donde hubiera más luz para poder inspeccionarla bien. Fue entonces cuando se le ocurrió llevarla a la cocina ya que allí había más. Entonces tomó una de aquellas cosas pensando que por su tamaño estarían pesadas entonces quiso probar usando toda la fuerza de sus brazos. Levanto los brazos tan fuertes que se fue para atrás con todo y artefacto. Sorprendido del peso que tenía esa cosa, esa cosa era tan liviana que hasta un niño podría levantarla sin ningún problema. Pues su peso era igual que el de una pelota de playa. Notó que su fuerza era demasiada para que aquello que no pesaba nada. Pero era grande y estorbosa ya que me día casi dos metros de circunferencia entonces pensó como metieron esta cosa aquí. por la puerta no pudo haber cabido. En eso miró hacia la ventana y jalo la cortina y dejo entrar la luz del atardecer en pocas palabras no le importo más nada y siguió mirando cada centímetro de aquello que no podía hacer funcionar fastidiado sé que do mirando, pensando. Tiene que haber una manera de hacer jalar esta cosa. Fue cuando se le ocurrió empezar a buscar algo entre los cajones algún papel o mapa que le ayudara a descifrar tal complicado acertijo sacó papeles y fotos del cajón a la cama fotografías todo. En eso miró algo que le llamo la atención. Entre las cosas miró varias fotos y las hizo a un lado y en efecto era un cuadro como control remoto pues tenía un foco diminuto que solo pudo verlo porque un rayo de luz se reflejó en el cristal si no era seguro que nunca lo hubiera visto el cuadrito color plata estaba plano de tan solo una pulgada de diámetro parecía más bien un juguete que un control. Notó que en uno de los lados se presionaba fácilmente y del foco salía un rayo de luz violeta. Entonces dirigió aquel rayo a la esfera y notó que un sonido salió desde adentro en eso se abrió una portezuela donde fácilmente cavia una persona pequeña de máximo ciento cuarenta libras y no más alto de cinco pies de estatura. Avelino se miró así mismo y miró que él era un poco más alto que eso y que definitivamente pesaba más de ciento cuarenta libas. Mas aun así decidió meterse dentro de aquel asiento como pudo se acomodó dentro de aquel aparato y ya de frente miró muchas brújulas y botones de todos tamaños eso le recordó aquellos modelos de computadoras que usaban los aviones. Ya dentro y con las rodillas encogidas miró que había dos pedales iguales en el piso y se imaginó aquellos juegos de realidad virtual donde hacen simulaciones de aviones de guerra que jugaba cuando iban a la tienda de videojuegos de su barrio en california. Esas maquinitas tenían unos pedales parecidos y hasta podrían servir para lo mismo entonces coloco cada uno de sus pies en cada pedal. Después se imaginó que esta cosa era como la cabina de un avión y miró hacia riba buscando algo que la encendiera entonces miró en una de las palancas de arriba una foto donde estaba Adán y Artemio de niño. El Agarró y la volteó, atrás decía unas palabras de agradecimiento. Se lleno de nostalgia y la puso de regreso a su lugar. Movió una palanca de las chiquitas y no paso nada después otra y nada. Se desespero y empezó a apretar todos los botones de una vez y como loco aplasto dos los botones hasta que por fin miró una palanca como las que usan para los video juegos tenía dibujadas las direcciones de y pensó si es como los video juegos entonces la presiono hasta sumirla en eso se escuchó como la puerta se empezó a cerrar hasta cerrarse por completo una lucecita arriba brillaba únicamente dentro de aquella total obscuridad que se produjo al cerrarse la puerta entonces estiro el brazo y presiono donde salía ese resplandor en eso una corriente eléctrica echo andar todo aquel artefacto que no hacia ningún ruido. Solo zumbaba algo, pero Avelino no sabía que era. Entonces presiono el pedal izquierdo y la cosa esa empezó a girar tan rápidamente a la izquierda que lo mareo y pensó que si pisaba el pedal la maquina giraba dependiendo el pedal que pisara y lo fuerte que pisara seria lo fuerte que girara y sintió como su cuerpo se llenó de adrenalina. Miró la palanca con las direcciones y dijo emocionado aquí vamos y movió la palanca hacia delante y esa cosa salió disparada hacia arriba rompiendo el techo de la casa hubiera querido parar aquel movimiento tan brusco que todo su cuerpo se estremeció y termino soltando la palanca, la cual regreso a su posición original. Con eso la bola aquella comenzó a caer entonces tomó la palanca de nuevo y realizo el movimiento, as lento y con delicadeza piso los aceleradores lo malo era que no podía mirar nada entonces no sabía ni donde estaba todo obscuro solo podía sentir y su instinto le decía que estaba volando, pero no podía comprobarlo en ese momento. Después de todos aquellos movimientos de lado a lado levanto uno de sus brazos y busco algo que le ayudara a ver hacia fuera. Fue en toncas cuando a tientas pudo sentir una palanca a la altura de su cabeza la palanca tenía un botón al lado derecho el cual presiono y pudo sentir como un pasador que sostenía la palanca se soltó e hizo girar la palanca. Entonces se empezó a bajar una cortina de cristal que a su vez dejaba ver otro material parecido a un cristal que dejaba ver a través de él.

El Chico Infinito
El Despertar

Una vez que bajo todo el cristal oscuro pudo ver todo el panorama fue entonces cuando se dio cuenta que, de la mitad de la esfera, se descubrieron todos los ciento ochenta grados, y así que ya podía ver a todas las direcciones. Entonces pudo ver las nubes y los cerros en fin todo. Ahora si pensó al mismo tiempo que presionaba los dos pedales al mismo tiempo y fue así como pudo sentir que lo impulsaron hacia delante entonces presiono más fuerte hasta que su cabeza se tuvo o que recargar contra el asiento de la velocidad que iba se dio cuenta que levantando los pies esa cosa se detenía bajo la palanca y la cosa esa decencia, con esa información en era suficiente para ir por su amigo. En un par de horas se convirtió en un experto en manejar la nave. Entonces regreso al a casa vieja y si batallo un poco para aterrizar, pero no fu nada que no pudiera controlar al fin y al cavo era la primera vez que volaba en un artefacto como ese. Entonces esperó a que obscureciera, y empezó a realizar un plan para poder rescatar a su amigo Artemio. Tenía que sacarlo de ese lugar.

Trató de descansar un rato, pero no pudo dormir ni un minuto siquiera. Entonces se levantó y esperó un rato a que dieran las diez de la noche. Después repaso el plan de escape. Cerró los ojos para poder visualizar con más detalle, en eso miró como una silueta se acercaba y escucho como una risa que no procedía de la silueta entonces apareció otra, ya eran dos personas que estaban enfrente de una la pudo reconocer fácilmente y era la del tío Adán y la otra tardo un poco más esclarecerse, pero después de unos segundos pudo ver que era Artemio y pudo ver a los dos personajes enfrente de él. Estaban allí mirándose uno al otro sonriendo entonces Avelino rompió el silencio preguntando. Como le vamos hacer para sacar te de allí a lo que Artemio contestó. Tus ya sebes como. Solo trae las naves al jardín, pero como le hago, si yo apenas si se cómo manejar una cómo voy a manejar la otra. Artemio miró a su tío y soltaron la carcajada tu encontraras la forma contestó el Adán. Pero vente ya. Hoy… es hoy… mañana será muy tarde ellos vendrán en la madrugada.

Avelino abrió los ojos y miró que estaba en la cama de la casa de Adán y salió al patio a ver que podía usar para llevar la otra maquina y miró un tendedero de ropa y cortó los mecates y los llevo adentro distendió la cama y uso una de las sábanas amarro la sabana con el mecate y envolvió la nave dentro, se montó en la otra agarrando el otro extremo del mecate y se empezó a elevar con la otra esfera amarrada y voló hasta la clínica lo más rápido que pudo.

Rápidamente llegó a la clínica y sobre voló por encima de la oficina de Alicia la cual pudo ver desde la ventana de su oficina y pudo ver como uno de los enfermeros la besaba apasionadamente. Por un momento quiso soltar una lagrima, pero en eso miró como Artemio salía corriendo y miró como era perseguido por otros dos fuertes enfermeros y una mujer que cargaba en su mano un tranquilizante, pero no podían alcanzarlo entonces salió y miró que era Artemio entonces con la bola colgando bajo lentamente hasta que Artemio dando brincos tratando de alcanzar donde agarrarse desesperado seguía tratando de agarrar la sabana para colgarse entonces Avelino siguió bajando cada vez más. Faltando un centímetro y medio Artemio tiro un manotazo y se colgó de la sabana moviendo toda la nave y Avelino sintió como se iba para bajo por el peso de los dos en la sabana y a presiono los pedales fuertemente del miedo y la nave salió despavorida a una velocidad que no se ha visto nunca. A si dejo a tras a los enfermeros que por poco alcanzan agarrar a Artemio. Después de unos minutos de vuelo Avelino soltó la palanca y por un momento pensó que había perdido a Artemio y se fijó de un lado a otro, pero no podía mirar por ningún lado entonces bajo la velocidad y la nave comenzó a colgar y Artemio lo miró con una sonrisa de oreja a oreja con los pelos pardos como chayote. Para esto miró como Artemio le señalaba con el brazo que manejara la nave para donde él decía. Después de varias indicaciones Artemio le dio la señal de que bajara.

Entonces, Avelino voló hasta donde miró un lugar plano y bueno para aterrizar el cual le señaló Artemio y bajo la nave, no sin antes mirar que estaban seguros y a salvo Entonces bajo la nave con Artemio y la otra nave. A lo que Artemio se dispuso a desamarrar la nave del mecate y la sabana Como él ya sabía cómo echar andar la maquina se montó rápida mente y se elevó cada uno en su nave y Avelino se dedicó a seguirlo.

Después de un rato de volar sobre la ciudad aquella llegaron a una montaña y se introdujeron a la sierra y pasaron por varios lugares que Avelino no sabía que existían de un de repente miró como Artemio le señalaba con la mano que bajaran y los dos amigos bajaron de sus máquinas y caminaron montaña adentro hasta que en un lugar no muy lejos de donde aterrizaron miraron un fuego ardiendo entonces Artemio le señaló que allí era el lugar que tenían que ir hasta allí. Después de unos minutos caminando pudieron llegar al lugar conforme se acercaban miraban el fuego más grande y pudieron ver que había una persona allí parcia que los estaba esperando en eso Artemio gritó tío. tío. y se acercó y lo abrazo como se abraza a un pariente que se tiene mucho tiempo sin ver. Fue cuando Avelino se acercó al fuego y así estaban los tres mirando el fuego se saludaron Avelino y el tío. Llegaron justo a tiempo dijo adán. A tiempo par que pregunto Avelino. En unos momentos van a llegar por ustedes. Quienes volvió a preguntar Avelino. No entiendo nada Adán. Que es todo esto, que es lo que está pasando. Preguntaba incesantemente Avelino.

A lo que Artemio solo se acostó para descansar un rato, y dijo Avelino ven acuéstate y descansa un rato. Confía en mi tío él sabe lo que hace. Pero Avelino estaba confundido más sin embargo siguió las recomendaciones de su amigo y se acostó. Además, porque sintió como de pronto se le iban las fuerzas del cuerpo. Entonces sintió como Don Adán lo tomaba del brazo y lo acercaba al fuego, y se acostó cerquita del mismo para no tener frio.

Ya hacían los dos tendidos enfrente a la lumbre dormidos cuando de pronto, se empezaron a escuchar muchos ruidos de motores y gente gritando sus nombres. Avelino se asustó al escuchar todo ese alboroto, pero no quería abrir los ojos. Porque no sabía que era lo que iba a ver. Que seres extraños iban a aparecer. Se preguntaba si los hermanos de las estrellas eran alienígenas verdes o grises. Pero como sean no se si los quiero ver pensaba. Entonces fue cuando escucho la voz irreconocible de Artemio que le tocaba el pecho y le hablaba.

Avelino en eso otras voces le decían Avelino despierta ya todo está bien estas a salvo. Avelino pensó, se escuchan como humanos y si es mi abuela. Me va pegar, si creo que es mi abuelita. Bueno sí, pero si Al es mi abuelita por lo menos estaremos a salvo. Entonces se armó de valor y poco a poco empezó a querer abrir los ojos.

Pero se los tuvo que limpiar con el ante brazo para poder ver algo, pero aun si todo se miraba borroso.

En eso una luz incandescente penetro sus parpados y lleno de brillo sus pupilas encandilando y cegándolo aún más. No puedo ver ni distinguir figura alguna me he quedado ciego pensó y se llenó de miedo. ¡No! Grito, Sin poder contener las lágrimas se abalanzó a los brazos de la viejita que estaba allí enfrente de él. La señora al ver la desesperación del muchacho tomo una parte de su blusa y le puso saliva, y comenzó a limpiarle los ojos ya que los traía llenos de tierra y lágrimas. Después lo tomo de la cara y le dijo mírame. Avelino abrió los ojos y pudo verla y su cara se llenó de alegría. Chamaco del demonio que susto nos has pegado y lo abrazo.

CONTINUARA...